하북평가
검술천재

KB121386

하북팽가 검술천재 18

2023년 8월 21일 초판 1쇄 인쇄
2023년 8월 24일 초판 1쇄 발행

지은이 이도훈
발행인 강준규

기획 이기헌 왕소현 임동관 박경무 강민구 조익현
책임편집 주현진
마케팅지원 이원선

발행처 (주)로크미디어
출판등록 2003년 3월 24일
주소 서울시 마포구 마포대로 45 일진빌딩 6층
Tel (02)3273-5135 **Fax** (02)3273-5134
홈페이지 rokmedia.com **E-mail** rokmedia@empas.com

ⓒ 이도훈, 2022

값 9,000원

ISBN 979-11-408-0818-2 (18권)
ISBN 979-11-354-7650-1 04810 (세트)

ROK
MEDIA
로크미디어

이도훈 신무협 장편소설

18

하북팽가
검술천재

차
례

용담호혈 (2)

눈빛에서 느껴지는 낭인왕 이세명의 살기.

하북성의 성주 조세현을 비롯한 모두가 의아한 눈으로 이세명을 바라보고 있었다.

이세명의 시선이 향한 곳은 다름 아닌 하북팽가의 가주 팽강위.

모두는 지금의 상황이 이해가 안 되었다.

이 자리는 무가지회에서 활약한 하북팽가를 축하하기 위한 자리였다.

그런데 왜 하북팽가의 가주인 팽강위를 죽일 듯 쏘아본다는 말인가?

그때였다.

이세명이 움직였다.

쿵. 쿵.

마치 자신의 존재감을 뽐내려는 듯, 한 걸음 한 걸음에 내공을 담고 있다.

이세명은 순식간에 팽강위의 앞에 섰다.

이세명은 팽강위가 서 있는 탁자의 반대편에서 눈을 매섭게 뜨고 있었다.

누가 봐도 원수를 바라보는 듯한 표정이었다.

그 모습에 팽강위가 물었다.

"자네, 왜 그러나?"

"혹시 오래전에 하남의 영단산을 지난 적이 있나?"

"……."

팽강위가 고개를 갸웃하자, 이세명이 다시 물었다.

"지난 적이 있나, 없나? 그것만 말해 주게."

"하남이라면 하남정가가 있는 곳 아닌가? 우리가 그곳을 지나는 것은 당연한 일이지. 자네도 그곳을 자주 지났을 것이 아닌가?"

"……."

"일을 하다 보면 영단산을 지나치지 않을 수 없을 텐데……. 안 그런가?"

"나는 오래전에 지나쳤지. 그리고 그곳에서 소중한 것을 잃어버린 후에는……."

이세명은 살짝 말끝을 흐리며 천장을 올려다봤다.

그러고는 깊은 한숨 소리와 함께 나무 조각 하나를 탁자 위에 올려놓았다.

탁.

팽강위는 고개를 갸웃하며 그 나무 조각을 바라봤다.

나무 조각은 세월의 흔적이 묻어 꼬질꼬질해져 있어, 형태를 알아볼 수 없었다.

"이게 뭔가?"

"잘 살펴보게."

이세명이 나무 조각을 가리켰다.

팽강위가 나무 조각을 잡고는 조심스럽게 살펴보기 시작했다.

순간 팽강위의 눈이 커졌다.

그 모습에 모두는 고개를 갸웃했다.

하북성주인 조세현도 마찬가지였다.

조세현은 자신의 딸과 하북팽가의 사 공자를 연결하기 위해 왔을 뿐.

그는 무림에는 관심이 없었다.

그의 관심은 오로지 출세였다.

그런 그가 한빈에게 관심을 두는 이유는 하나였다.

바로 한빈이 황실에서도 탐내고 있는 인물이기 때문이었다.

진시에서 장원의 자리에 오른 인재와 한빈 중 누굴 택하겠냐고 하면 조세현은 당연히 후자였다.

그런데 이게 무슨 상황이란 말인가?

탁자를 가운데 두고 서 있는 팽강위와 이세명의 모습은 마치 백척간두 위에서 아슬아슬하게 몸을 지탱하고 있는 두 명의 무인을 보고 있는 것만 같았다.

누군가 상대를 툭 치면 천 길 낭떠러지로 떨어질 것 같은 위태로운 상황.

하북성에서 하북팽가의 가주 팽강위는 호랑이라 불리고, 천리 표국의 국주인 이세명은 용이라 불린다.

조세현은 자칫 잘못하면 자신이 맡은 하북성에서 일생일대의 대사건이 벌어질 것이라 확신했다.

바로 오늘의 일이 시발점이고 말이다.

그런데 아무리 봐도 저 나무 조각이 의미하는 바를 알 수 없었다.

한참을 바라보던 조세현은 눈을 크게 떴다.

나무 조각은 바로 호패였다.

그것도 반 토막이 난 호패.

하도 더럽혀져 있어 알아볼 수가 없었지만, 호패가 분명했다.

호패는 맞는데, 현재 쓰이는 일반적인 호패가 아닌 십 년도 더 지난 물건이었다.

십 년 전 지금의 황제가 자리에 오르며 호패의 형태가 바뀌었으니, 조세현이 보는 것이 맞았다.

모두는 팽강위와 이세명의 주변에서 숨을 죽이고 있었다.

지금의 상황이 심상치 않음을 모르는 이는 없었다.

모두의 시선에도 아랑곳하지 않고 팽강위는 반 토막 난 호패를 다시 탁자 위로 올려놨다.

탁.

그러고는 이세명을 바라봤다.

"이건 분명⋯⋯."

"팽가의 도법이지."

이세명이 말을 받고는 눈썹을 바르르 떨었다.

부정적인 감정이 이세명의 얼굴을 뒤덮는다.

그 모습에 팽강위가 조심스럽게 물었다.

"대체 이 호패는 무엇인가?"

"그보다 먼저 말해 주게. 이 호패를 영단산에서 봤는가?"

"⋯⋯."

팽강위는 바로 답하지 않았다. 관자놀이를 지그시 누르고 생각에 잠겼다.

하북팽가와 하남정가와의 교역은 자신이 직접 참여했었다.

오 년 전까지만 해도 말이다.

그러니 큰 사건이었다면, 자신이 이 호패를 알고 있어야 했다.

하지만 하남정가와의 교역 도중 일어난 큰 사건에 대해서는 기억이 나지 않았다.

산적 몇 명 죽이고 일반 백성을 구했던 일은 몇 번 있었다.

그것은 특별한 일일까?

물론 아니었다. 교역 물품을 수송하다 보면 빈번히 발생하는 것이 그런 일이었다.

그때 이세명의 차가운 목소리가 팽강위의 귀에 꽂혔다.

"그 호패의 주인은 바로 잃어버린 내 동생일세. 물론 호패에 얼룩져 있는 건 내 동생의 피겠지."

"자네의 동생이라고?"

팽강위는 재빨리 반 토막 난 호패를 바라봤다.

호패가 잘린 부분의 흔적은 분명히 팽가의 도법으로 인해 생겨난 것이 확실했다.

잘린 부분에는 피가 덕지덕지 얼룩져 있었다.

호패의 주인을 벤 것은 팽가의 도법이라는 것에 반박할 수 없었다.

과연 어떻게 된 일일까?

팽강위는 아무리 생각해도 알 수 없었다.

겉으로는 경쟁 구도를 그리고 있지만, 실제로는 막역한 사이인 친우의 동생이 팽가의 도법에 목숨을 잃었다니!

이건 상상도 못 한 일이었다.

그때 이세명의 서늘한 목소리가 실내를 덮었다.

"이제부터 전쟁일세. 팽가와 천리 표국, 아니 낭인 전체의 전쟁일세."

"잠시만 기다리게, 이건 오해가 분명……."

"됐네. 친구로서의 관계는 오늘이 마지막."

말을 마친 이세명은 탁자 위의 술잔을 잡았다.

술을 단숨에 들이켠 이세명이 말을 이었다.

"이별주는 잘 마셨네. 이건 팽가를 향한 내 마음일세."

이세명이 술잔을 잡은 손에 내공을 불어 넣었다.

바사삭.

순식간에 술잔은 가루가 되어 바닥에 흘러내렸다.

이세명은 바닥에 흩어진 가루를 지그시 밟았다.

그러고는 몸을 돌려 천천히 자리를 떠났다.

냉랭해진 분위기 속에 모두는 눈치를 보기 바빴다.

그것도 잠시, 하북의 무림세가와 중소 문파들이 팽강위에 게 몰려들었다.

누군가가 말했다.

"팽 가주님, 걱정하지 마시죠. 다 오해일 겁니다. 오해는 밝혀지는 것이 강호의 법칙이지요."

"……."

하지만 팽강위는 답할 수 없었다.

오랜 친구 사이를 갈라놓는 절묘한 사건.

그것은 우연일 리 없었다.

문제는 이세명이 빈말을 뱉을 자가 아니라는 것이다.

오늘부터 낭인을 포함한 천리 표국과 하북팽가가 한바탕 전쟁을 치러야 함은 기정사실.

팽강위는 무고한 자를 죽인 적은 없었다고 생각했다.

하지만 이세명이 내민 증거 앞에서는 할 말이 없었다.

팽강위는 입술을 굳게 다물며 눈을 빛냈다.

이 싸움에서 이겨야 자신의 무죄를 증명할 수 있었다.

아무리 친구지만, 걸어오는 싸움에 도망갈 수는 없는 일.

지금 도망간다면 그것은 순수하게 자신의 죄를 인정하는 꼴이었다.

힘으로 누르고 그 뒤에 증명한다.

그것이 하북팽가가 강호를 살아가는 법칙이었다.

팽강위의 주변에는 그를 돕겠다는 사람들로 넘쳐 났다.

"저는 하북팽가를 지지합니다."

"저의 문파도 마찬가지입니다. 언제든 불러만 주시면 하북팽가를 돕겠습니다."

모두가 웅성거리는 가운데, 이제 모두가 헤어져야 할 시간이 다가왔다.

그때였다.

무사 몇 명이 다급하게 연회장으로 들어왔다.

그들은 같은 문파나 세가의 사람들이 아니었다.

몇 명의 무사는 각자의 수장을 찾아갔다.

그러고는 각각 서찰을 전했다.

순간 다시 소란이 일기 시작한 연회장.

모두는 누군가를 바라보기 시작했다.

그 누군가는 바로 팽강위였다. 그들이 팽강위를 바라보는 시선은 몇 시진 전 선전포고를 하고 떠난 이세명의 눈빛과 다를 바 없었다.

다만 다른 것은 팽강위에게 경멸의 눈빛을 보내며 뒤돌아섰다는 것이었다.

팽강위는 일이 단단히 잘못되었음을 알았다.

거기에 시점도 묘했다.

하북팽가의 주요 전력이라고 할 수 있는 집법당주 팽대위와 대공자 팽혁빈 그리고 막내가 모두 하북을 떠나 있는 상태였다.

만약 자신이 이세명이라면 주요 전력이 돌아올 때까지 시간을 줄까?

그것도 복수에 눈이 멀어 있는 상태인데?

그 질문의 답은 하나였다.

하북팽가의 주요 전력이 돌아오기까지의 시간은 한 달.

이세명의 공격은 보름이 지나지 않아 시작될 것이었다.

그렇다면?

팽강위는 눈을 가늘게 뜨고 주위를 둘러봤다.

묘하게 적이 점점 많아지는 느낌이었다.

팽강위를 돕겠다는 무림세가들이 하나둘씩 자리를 떠나고 있었다.

그것도 누군가의 서찰을 받고 말이다.

삼 일 후.

칠음현을 눈앞에 둔 한빈 일행은 여느 때처럼 공터에서 자리를 깔았다.

자리를 깔고 가장 먼저 한 일은 바로 토끼 사냥이었다.

적혈맹호대의 대주인 소대섭과 부대주인 심미호를 제외한 모두는 무색칠음보를 배우기 위해 백미랑을 따라나섰다.

잠시 후, 여기저기서 들리는 곡소리.

"으악."

"어이쿠, 사람 죽네."

멀리서 그 광경을 보고 있던 한빈은 빙긋 웃었다.

수련은 잘되어 가고 있었다.

적혈맹호대는 기척을 숨기고 토끼를 잡고.

백미랑은 그런 적혈맹호대를 기습한다.

이것이 이 수련의 핵심이었다.

백미랑은 일곱 걸음의 묘수를 적혈맹호대에 가르쳤지만, 그것을 바로 펼칠 수는 없었다.

백미랑의 교육법은 간단했다.

그 교육법은 '인생은 실전'이라는 말로 요약할 수 있었다.

토끼를 잡는 것이 아닌 사람을 잡는다는 것이 좀 달랐지만, 효과는 만점이었다.

한빈이 봐도 어제와 오늘의 속도가 달랐다.

토끼 두 마리를 잡아야 끝나는 것이 훈련의 규칙.

거기에 백미랑에게 들키지 않기 위해 필사적으로 기척을 숨기는 것을 보면……

백미랑은 타고난 교관이었다.

한빈은 하오문의 사천 지부 문주가 아닌, 교관으로서 백미랑을 더 높이 평가하고 있었다.

물론 광개도 백미랑을 돕고 있었다.

그때였다.

적혈맹호대의 훈련을 관리하던 백미랑이 한빈에게 다가왔다.

"팽 공자님."

"무슨 일입니까?"

"얘가 소식을 물고 와서요."

백미랑은 자신의 어깨 위를 가리켰다.

그곳에는 조조가 한 치의 흔들림도 없이 앉아 있었다.

백미랑은 조조가 가져온 것으로 보이는 쪽지를 한빈에게 전했다.

한빈은 그 쪽지를 보며 눈을 가늘게 떴다.
그곳에는 간략하게 두 문장이 적혀 있었다.

용호상박(龍虎相搏).
천하낭인 소집령(天下浪人召集令).

난데없는 글자에 한빈이 눈을 가늘게 떴다.
실로 묘한 문구였다.
하지만 한빈은 직감적으로 하북에 문제가 생겼음을 알았다.
이것은 하북에서 날아온 편지가 분명했다.
천하낭인 소집령을 발동할 수 있는 것은 낭인왕 이세명.
그리고 용이란 그를 말함이었다.
문제는 용호상박이라는 문구였다.
호랑이라면 하북팽가인데…….
한빈이 눈매를 좁히자 백미랑이 말을 이었다.
"아무래도 하북에 무슨 일이 생긴 것 같아요."
"그런 것 같군요."
한빈은 고개를 끄덕였다.
그러고는 적혈맹호대의 대주 소대섭을 불렀다.

잠시 후, 적혈맹호대 대주 소대섭은 부대주 심미호를 불렀다.

심상치 않은 분위기에 소대섭은 재빨리 물었다.

"주군, 무슨 일입니까?"

"너희에게 부탁할 일이 있다."

"네, 말씀하시지요."

"칠음현에 들르면 그곳의 만금 전장을 찾아가거라."

한빈은 쪽지 한 장을 건넸다.

그 쪽지에는 만금 전장에서 돈을 찾을 때 쓰이는 암어와 금액이 써 있었다.

그 금액을 본 소대섭의 눈이 커졌다.

"황금 열 냥이라니요?"

"그리 큰돈은 아니니 놀라지 말고."

"네?"

"그리고 이것을 보여 주고 돈을 찾아 가장 빠른 말을 준비해라. 말이 지치면 말을 바꿔 타고."

"대체 그게 무슨 말씀인지……."

"우리는 최대한 빨리 하북으로 향한다."

한빈은 손가락으로 북쪽을 가리켰다.

그 모습에 소대섭은 재빨리 포권했다.

그때 한빈이 손가락을 튕겼다.

동시에 설화가 평소 들고 다니던 보따리를 들고 왔다.

한빈은 재빨리 보따리 속에서 지도 한 장을 꺼냈다.

지도를 꺼낸 한빈은 백미랑을 바라봤다.

"여기, 여기 그리고 이곳이 하오문 지부가 있는 곳이죠?"

"……."

백미랑은 눈매를 좁혔다.

하오문의 운명을 맡길 자이긴 했지만, 어떻게 숨어 있는 하오문의 지부까지 모두 파악한단 말인가?

살짝 정신이 혼미해진 백미랑은 자신도 모르게 마른침을 삼켰다.

"혹시 하오문의 숨어 있는 지부까지 알고 계셨던 거예요?"

한빈은 그 모습에 그윽하게 웃었다.

대충 답변도 준비해 놓은 상태였다.

"대충 소문을 들어서 알고 있습니다. 하오문도 개방의 분타가 어디 있는지 훤하게 알고 있지 않습니까? 개방도 마찬가지겠지요."

말을 마친 한빈은 슬쩍 광개가 있는 쪽을 바라봤다.

백미랑도 광개를 바라본다.

멀리 떨어져 있던 광개는 반갑게 손을 흔들었다.

활짝 웃으며 손을 흔드는 광개를 본 백미랑이 자신도 모르게 혼잣말을 뱉었다.

"저 거지 새끼가……."

"뭐라고 하셨나요?"

"아, 아니에요. 팽 공자님."

백미랑은 재빨리 표정을 바꾸며 손을 내저었다.

그녀의 속에서는 천불이 끓고 있었다.

역시 개방은 하오문의 영원한 경쟁자이자 조금도 도움이 안 되는 원수였다.

그렇게 광개는 백미랑에게는 심하게 거슬리는 존재가 되었다.

한빈은 천천히 말을 이었다.

"대충 내가 맞는 것 같군요. 제가 말한 곳에서 말을 준비해 놓으라 하십시오. 돈은 얼마가 들든 상관없습니다."

"네, 준비해 놓을게요. 팽 공자님."

"그럼 잘 부탁드립니다."

말을 마친 한빈은 다급하게 자리에서 일어났다.

깜짝 놀란 백미랑과 소대섭이 함께 외쳤다.

"팽 공자님!"

"주군!"

급박한 외침에 한빈이 고개를 갸웃하고 물었다.

"다들 왜 그럽니까?"

"주, 주군. 갑자기 어디를 가십니까?"

"밥 먹을 준비해야지."

"네?"

"밥 안 먹어?"

"그런데 왜 제게는 돈을 맡기시고, 백 문주께는 그런 부탁을 하셨는지……."

소대섭은 영문을 모르겠다는 듯 눈을 크게 떴다.

백미랑도 마찬가지로 한빈을 조심스럽게 살폈다.

모두의 시선이 모인 가운데 한빈이 피식 웃었다.

"소 대주 말이 맞아. 날이 밝으면 헤어질 거니까."

"그럼 어디로 가시는 겁니까?"

"아무 데도 안 갈 건데."

"그게 무슨 말입니까? 주군, 방금 제게는 헤어질 거라고 하지 않으셨습니까?"

"그러니까. 내일 아침이 되면 소 대주와 적혈맹호대는 길을 떠나야 하잖아."

"네, 맞습니다. 주군의 표정을 보면 한시가 급한 것 같으니까요."

"나는 여기 남아 있을 거야."

"네?"

옆에 있던 백미랑과 소대섭이 어이가 없다는 표정으로 한빈을 바라봤다.

하지만 한빈은 아무렇지 않게 미소를 피워 내고 있을 뿐이었다.

사실, 한빈의 속마음은 달랐다.

모든 상황을 계산해 보면 일이 터지기까지 남은 시간은 고작 십 일 정도였다.

적혈맹호대가 급히 간다고 해도 그들이 하북까지 도달할

수 있는 것은 이십 일 후.

물론 그것도 지친 말을 버리고 새로운 말로 갈아탈 때나 가능한 일이었다.

한빈의 구결십팔보라면 말보다도 빠르다.

문제는 그것을 계속 펼칠 수 있느냐 하는 점이었다.

말보다 열 배는 빨리 달릴 수 있지만, 사천에서 하북까지 쉬지 않고 달릴 수는 없는 일.

먼 거리를 간다는 가정하에, 사람이 말보다 빠를 수는 없었다.

그렇다면 자신과 적혈맹호대가 도착할 때쯤이면 모든 일은 끝날 것이 분명했다.

하북팽가와 천리 표국의 전쟁이라?

한빈이 보기에는 분명 서로 간의 오해가 있을 터였다.

그 오해를 막기 위해서는 무공보다는 속도가 중요했다.

둘이 격돌한 후에는 이미 늦을 수밖에 없었다.

만약 오해가 풀리지 않아서 맞붙게 된다면, 하북팽가가 승리해야 한다.

중요한 것은 속도.

경공에서만큼은 나뭇잎을 타고 대해를 건넜다는 달마의 옷자락을 잡을 정도는 되어야 한다는 말이었다.

현재 구결십팔보보다 더 빠른 경공술은 어디에서 배워야 할까?

해답은 하나였다.

그것은 태극검제가 남긴 태극칠성보를 자신의 것으로 만드는 것.

한빈의 눈앞에 태극칠성보를 밟는 태극검제의 모습이 생생하게 그려졌다.

분명 그의 몸에서 진기를 느낄 수 없었다.

내공을 사용해서 태극칠성보를 펼친 것이 아니라는 말이었다.

그렇다면 누군가는 태극칠성보를 익히면 사천에서 하북까지 쉬지 않고 달릴 수도 있으리라 생각할 수도 있다.

하지만 그것은 한빈이 생각해도 불가능했다.

태극칠음보는 일곱 걸음에 모든 집중력을 쏟는 보법.

내공은 안 쓰더라도 정신력을 소모하게 된다.

그러니 발상을 바꿔야 했다.

태극칠성보가 내공을 쓰는 보법이 아니니, 장점을 구결십팔보에 응용한다면?

그런 가정의 끝에 도달한 것이 태극칠성보의 극의를 구결십팔보에 이식한다는 것이었다.

무거운 태극칠성보의 극의를 가벼운 구결십팔보에 녹인다는 것.

그렇게만 된다면 '속(速)'의 구결에 영향을 받지 않고 구결십팔보를 펼칠 수 있게 될지도 몰랐다.

가능할까?

그 질문은 필요 없었다. 가능하게 만들어야 했다.

태극칠성보의 흔적을 마차에 싣고 왔으니 불가능한 것은 아니었다.

어찌 보면 팽대위, 팽혁빈을 비롯한 가문의 사람들과 동행하지 않은 것은 다행이었다.

팽대위와 팽혁빈은 한빈보다 이틀 먼저 사천당가에서 떠났다.

그런 관계로 그들은 지금 하북에서 일어나는 상황에 대해 조금도 모를 것이었다.

자신이 돌아갈 때까지 아무 일도 없었으면 하는 것이 한빈의 바람이었다.

한빈은 고개를 돌려 하북팽가가 있는 곳을 바라봤다.

그 표정에는 살짝 근심이 드러나 있었다.

한빈의 표정을 본 모두는 고개를 갸웃했다.

누구도 한빈의 마음을 조금도 읽을 수 없었다.

설화와 청화는 본능적으로 고개를 끄덕일 뿐이었다.

❧

다음 날 아침.

해가 뜨자 모두는 한빈의 앞에 늘어섰다.

한빈의 앞에 선 소대섭과 이무명은 깊숙이 포권하고 있었다.

　이무명은 수염을 떼고 붉은 무복을 입고 있었다.

　수염을 떼니, 자세히 보지 않으면 한빈과 구별이 되지 않을 정도였다.

　모두는 그 모습에 익숙했지만, 백미랑만은 눈을 동그랗게 떴다.

　"대, 대체……."

　"비밀입니다."

　한빈이 백미랑을 보며 웃었다.

　하지만 백미랑은 웃을 수 없었다.

　이처럼 얼굴이 비슷하게 태어날 확률이 얼마나 될까?

　친척이 아니고서야 있을 수 없는 일이었다.

　하지만 알아본 바에 의하면 둘 사이에는 조금의 혈연관계도 없었다.

　어찌 보면 하늘이 내린 인연일지도 몰랐다.

　이무명이 한빈으로 변장하고 있다면?

　백미랑은 살짝 어깨를 떨었다.

　생각지도 못한 한 수였기 때문이다.

　백미랑이 입을 벌리고 있는 사이, 적혈맹호대는 떠났다.

　이제 한빈을 보좌할 설화와 청화 그리고 백미랑이 남았을 뿐이었다.

물론 광개도 남았다.

왜 남았는지는 알 수 없었다.

이제 한빈도 떠나야 했다.

적혈맹호대는 지름길을 따라 달리고.

한빈은 마차 안에서 태극칠성보를 연구하며 하북 쪽으로 향해야 했다.

모두가 떠나자 한빈은 조용히 마차 안으로 들어갔다.

적혈맹호대 대원들은 한빈이 이곳에 남아 있으리라 생각하고 사력을 다해 하북으로 향할 터.

한빈은 그들이 떠난 후 따로 움직이면 되었다.

마차는 백미랑이 몰기로 했다.

그녀는 제법 고삐를 잡아 봤다고 했다.

보기보다는 못 하는 것이 없는 듯한 인물이었다.

마부석의 옆에는 광개가 앉았다.

평소 같으면 마차 안에 같이 있겠다고 바득바득 우길 광개였다.

물론 마차 안으로 들어오려 해도 냄새난다고 한빈에게 쫓겨났겠지만, 광개는 자진해서 마부석에 앉았다.

한빈이 마차 안에서 할 일은 단 하나였다.

그것은 태극칠성보를 자신의 것으로 만드는 것이었다.

기한은 단 닷새.

그 시간이 지나면 아무리 노력해도 늦을 수밖에 없었다.

그때 마부석에서 앉은 백미랑이 물었다.

"팽 공자님, 저희는 어디로 갈까요?"

"서안으로 가 주십시오."

"서안을 지나면 조금 돌아가는 건데요. 그래도 괜찮으시겠어요?"

"네, 괜찮습니다. 그곳을 들렀다가 가는 것이 훨씬 빠를 겁니다."

"대체 그곳에 뭐가 있나요?"

"만금 전장이요."

한빈이 빙긋 웃자 백미랑은 고개를 갸웃한 채 말고삐를 다시 힘껏 잡았다.

백미랑은 고개를 흔들었다.

더 물어봐 봤자 한빈이 비밀이라고 둘러댈 것이 뻔했다.

백미랑은 머릿속으로 현재의 상황을 그려 봤다.

하북팽가와 천리 표국이 붙는다면?

아마도 두 세력의 문제만을 아닐 것이었다.

백미랑은 둘의 싸움이 하북을 황폐하게 만들 것이라고 생각했다.

과연 관이 이 문제에 개입할 수 있을까?

그것은 불가능했다.

관무불가침이라는 말에는 무림인들끼리 알아서 지지고 볶으라는 뜻이 포함되어 있었다.

마차 안에서 태극칠성보의 조각을 펼친 한빈은 뭔가 생각 났는지 손가락을 튕겼다.

그 소리에 설화가 재빨리 반응했다.

"공자님, 뭐가 필요하세요?"

"이번에는 설화를 부른 게 아니야. 뭔가 생각난 게 있어 서."

"뭐가 생각나신 건데요?"

"이 태극칠성보라는 보법…… . 지금 생각해 보니 무색칠음 보와 비슷한 것 같단 말이야."

"그러고 보니 이름이 비슷하네요."

설화가 고개를 끄덕일 때, 앞에서 말고삐를 잡고 있던 백 미랑이 슬쩍 고개를 내밀었다.

"지금 제 얘기 하신 거예요? 팽 공자님."

"말은 광개에게 맡기고 이쪽으로 잠깐 오시죠."

"잠시만요…… ."

백미랑은 고삐를 광개에게 맡기고 마차 안으로 들어왔다.

백미랑은 마차가 달리는 상황에도 마치 허공에 계단이라 도 있는 듯 편안하게 안으로 들어왔다.

무림의 고수가 날듯이 들어왔다면 놀랐을 것이다.

하지만 백미랑처럼 편안히 안으로 들어오는 것은 그보다 몇 배는 놀라운 경공술이었다.

그녀가 앞에 서자 한빈은 조용히 입술을 뗐다.

"제게 무색칠음보에 대해서 알려 주실 수 있을는지요?"

"알려 드릴 수는 있는데, 이게 구결 같은 걸로 전달할 수 있는 게 아니라서요. 제가 적혈맹호대에게 시킨 훈련이 제가 받았던 수련 방법이었어요. 이렇게 몸으로 체득하는 방법밖에는 몰라요."

"그럼 진기의 흐름 같은 건 어떻게 제어하십니까?"

"무색칠음보는 내공을 필요로 하지 않아요."

"흠."

한빈은 잠시 탄성을 흘렸다.

자신이 생각하는 것과 비슷하게 맞아떨어졌기 때문이다.

태극칠성보의 근본으로 가는 길에는 무색칠음보가 있음이 분명했다.

그때부터 한빈은 백미랑을 괴롭히기 시작했다.

백미랑은 미칠 것만 같았다.

한빈을 존경하는 마음이 달라지지는 않았지만, 끝없는 질문 때문에 귀에서 피가 나올 것만 같았다.

무색칠음보는 문주들에게 전해지는 하오문의 비기.

하지만 무색칠음보는 비급을 통해 전해지는 것이 아니라 몸으로 익혀야 하는 무공이었다.

그런데 한빈은 그것을 정리하려고 백미랑을 볶고 있는 중이었다.

오죽하면 밖에서 마차를 모는 광개가 귀를 막고 있을까.

설화와 청화도 고개를 창문 밖으로 삐죽 내밀며 시선을 피하고 있었다.

설화는 작은 목소리로 말했다.

"저 언니, 불쌍하네."

"우리가 아닌 게 다행이죠."

그때였다.

한빈의 손가락 튕기는 소리가 마차 안에 울렸다.

이건 분명히……. 설화가 재빨리 외쳤다.

"거지 아저씨! 공자님이 마차를 멈추라고 하세요!"

순간 광개가 말고삐를 세차게 당겼다.

위잉.

말이 투레질을 치며 멈췄다.

난데없는 상황에 모두가 놀라 한빈을 바라봤다.

그 시선에도 아랑곳하지 않고 한빈은 백미랑에게 다시 물었다.

"지금 바람을 느끼면서 달리는 게 무색칠음보의 수련 방법이라고 하셨죠?"

"네, 그런데 그건 특별한 게 아니라……."

"그거면 됐습니다."

한빈은 손뼉을 짝 친 후 마차 밖으로 태극칠성보의 흔적을 옮겼다.

한편 하북팽가의 가주전.

그곳에서는 하북팽가의 원로를 비롯한 당주 등 수뇌부가 모여 머리를 맞대고 있었다.

그들의 얼굴은 이전에 비해 몇 배는 초췌해져 있었다.

하북이 조용한 곳은 아니기는 해도 이런 대규모의 다툼은 없었다.

이 때문에 갑자기 시작된 하북팽가와 천리 표국의 전쟁은 모두를 혼란으로 몰아넣었다.

용담호혈이라 불리는 하북에서 용과 호랑이가 서로의 발톱을 드러내고 싸우게 된 것.

접객당주가 눈을 가늘게 뜨며 팽강위를 바라봤다.

"가주님, 우리도 낭인을 어서 모집해야 한다고 봅니다. 지금 모든 낭인이 천리 표국 쪽으로 몰려가고 있습니다. 더 지체하다가는 병력을 모두 빼앗기게 됩니다."

오비이락 (1)

접객당주의 말에 팽강위가 고개를 저었다.

"낭인을 모집한다고 했나?"

"네, 병력의 균형을 맞추기 위해서라도 낭인들이 필요합니다."

"낭인왕하고 전쟁을 하는데 낭인을 모집하자고 했는가?"

감정 없는 목소리에 접객당주가 입술을 꾹 다물었다.

"……."

모두가 접객당주에게 시선이 몰렸지만, 팽강위는 아무렇지 않게 말을 이었다.

"그들이 등에 칼을 꽂지 않는다고 어찌 장담할 수 있겠는가?"

"흠……."

"팽가에서 가장 촉이 빠른 것이 접객당주 자네 아닌가?"

팽강위가 접객당주를 바라봤다.

하지만 그 눈빛은 가라앉아 있었다.

"죄송합니다, 가주님. 제가 잠시 실언을 했습니다."

"자네를 책망하기 위함이 아니네."

"……."

"모두의 지혜를 한데 모으고자 함이네."

팽강위는 조용히 팽가를 이끌어 가는 수뇌부를 바라봤다.

그들은 팽강위의 눈빛을 피하지 않았다.

결연한 표정으로 입술을 꽉 깨물 뿐이었다.

지금의 대화에서 팽강위의 진심이 담겨 있음을 알았기 때문이다.

그때 주작각의 가기군이 손을 살짝 들었다.

"제가 한마디 드려도 될는지요."

"말해 보게."

"낭인왕이 낭인의 세력을 등에 업고 있는 만큼 저희는 하북 땅의 중소 문파와 무림세가를 규합하면 된다고 봅니다. 그와 동시에……."

가기군은 말을 멈추고 주변을 둘러봤다.

그 모습에 팽강위가 말했다.

"편안히 말해 보게, 주작각주."

"무엇보다 중요한 것은 선제공격이라고 생각합니다. 주요 전력이 빠져 있다고는 하나, 기습이라면 충분히 낭인왕 이세명을 제압할 수 있다고 생각합니다."

가기군은 눈을 빛냈다.

그의 말은 진심이었다. 그는 팽가의 피가 섞여 있지 않았다.

어찌 보면 팽가의 녹을 먹는 일꾼에 불과할 수도 있었다. 거기에 그가 맡은 일은 정보를 관리하고 행정 업무.

하지만 오랜 세월 팽가에 몸을 담은 그에게는 팽가의 기질이 나타났다.

가기군의 말에 팽강위가 고개를 끄덕였다.

"이왕 붙을 싸움이라면 한발 먼저 칼을 들이미는 놈이 유리한 것 맞지. 주작각주는 묘수가 있나?"

"네, 있습니다."

가기군의 눈이 한층 더 빛났다.

❧

천리 표국의 국주실.

이세명은 탁자 위에 있는 반 토막 난 호패를 보고는 호흡을 멈췄다.

이세명은 그 호패를 조심스럽게 잡았다.

호패를 잡은 손이 부르르 떨렸다.

순간 떠오르는 오래전의 기억.

주화입마에 걸린 숙부를 피해 가문을 나온 것이 이십 년 전이었다.

당시 이세명은 스무 살 차이도 더 나는 동생이 있었다. 그는 주화입마에 걸린 숙부가 자신과 동생을 죽이려고 한다는 것을 안 후, 가문에서 몰래 도망쳐 나왔다.

물론 이유는 있었다.

이세명의 아비가 살아 있었다면 가주의 자리는 숙부가 물려받지 못했을 것이었다.

주화입마에 걸린 숙부는 자신의 자리를 위해서 형의 핏줄인 이세명과 동생을 죽이려 한 것.

가문의 눈을 피해 허겁지겁 도망치다가 동생을 잃어버린 것이 바로 장하의 부근이었다.

몇 날 며칠을 찾아 헤맸지만, 동생을 찾을 수는 없었다.

이세명은 동생이 물에 빠져 죽었을 것이라고 생각했다.

그래서 한 가지 결심을 했다.

그것은 바로 복수였다.

숙부의 목을 베어서 장하의 나루터에 던져두고 동생의 원혼을 달래는 일.

그것이 그의 숙원이었다.

그런데 숙부의 목을 베기 전에 할 일이 생긴 것이다.

그는 어제 서찰을 통해 동생을 죽인 진짜 범인을 찾았다.

봉투 안에는 동생이 걸고 있던 호패가 있었고 서찰의 내용은 동생을 죽인 흉수와 장소를 밝히고 있었다.

토막 난 호패는 분명 이십 년 전 잃어버린 동생의 것이었고.

호패를 반으로 가른 도법은 분명 팽가의 도법이었다.

그리고 반 토막 난 호패에 묻어 있는 혈흔은 동생이 세상을 떠났다는 증거였다.

모든 것이 동생을 죽인 원흉이 하북팽가라는 것을 나타내고 있었다.

과연 이 서찰을 전한 것은 누굴까?

의문이 들기도 했지만, 그것을 알아보는 것은 동생의 복수가 끝난 후여야 했다.

그가 생각에 잠겨 있을 때였다.

누군가 방문을 두드렸다.

똑똑.

그 소리에 상념에서 깨어난 이세명이 답했다.

"들어오너라."

그의 말에 문이 스르르 열렸다.

모습을 나타낸 것은 그의 호위 무사.

호위 무사는 이세명의 앞에서 살짝 고개를 숙인 후 입을 열었다.

"국주님, 열흘 후면 모든 준비가 끝날 것 같습니다."

"흠, 얼마나 모였느냐?"

"지금 모인 낭인의 수는 삼백입니다. 열흘 후면 족히 천 명은 채울 것 같습니다."

"그럼 닷새 후에는 얼마나 모일 것 같나?"

"닷새 후라면……."

슬쩍 말끝을 흐린 호위 무사가 눈을 몇 번 깜빡이다가 말을 이었다.

"아마도 오백이 채 안 될 겁니다. 대부분의 인원은 장하를 건너야 하니 엿새 후가 되어서야 나머지 인원이 모이기 시작할 겁니다."

"그럼 닷새 후에 출발한다."

"네?"

"준비된 적에게 천 명이 쳐들어가는 것보다는 넋 놓고 있는 적을 오백 정도로 제압하는 게 더 손쉽겠지. 그보다 더 중요한 문제는……."

"그게 뭡니까? 국주님."

"우리가 알고 있는 것은 적도 알고 있다는 점이지."

"그렇다면……."

"아마도 적은 우리에게 시간을 주지 않을 것이야. 하북팽가에서 인원을 모을 수 있는 것은 대충 엿새. 우리의 사정을 안다면 엿새 후에 바로 우리의 목에 칼을 들이대겠지. 하지만 중요한 건!"

"말씀하시지요, 국주님."

"이건 자네와 나만 알고 있어야 하네."

"명 받들겠습니다."

호위 무사는 깊숙이 포권했다.

* * *

하북성의 성주실.

성주 조세현은 턱을 어루만지며 갈피를 못 잡고 있었다.

본래라면 무림인들 간의 분쟁은 그냥 보고 있는 것이 맞았다.

하지만 문제는 싸움의 주체였다.

일이 있고 나서 하북성의 물가가 요동치고 있었다.

상행을 호위하는 천리 표국이 당분간은 손을 놓은 상태.

물론 하북팽가도 마찬가지였다.

자신들이 관리하는 상점에서부터 시작해서 상단까지.

시간이 멈춘 듯 동시에 손을 났다.

거기에 다른 무림세가들도 마찬가지로 눈치를 보느라 숨을 죽이고 있다.

재미있는 것은 몇몇 무림세가가 천리 표국 쪽으로 붙었다는 점이었다.

지금의 세력만으로 보면 하북팽가가 불리한 것은 사실.

하지만 싸움이 길어지면 하북팽가가 절대적으로 유리할 수밖에 없었다.

왜냐하면 하북팽가가 십대세가의 일원이기 때문이다.

천하 십대세가는 누군가가 뒤통수를 맞으면 가만히 있지 않았다.

모두 달려들어 상대를 토막 내는 것이 그들의 전통이었다.

자신의 이익 때문은 아니었다.

언젠가는 자신들도 그렇게 공격을 당할 수 있기에 본보기를 보여 주는 것이었다.

그렇기에 하북팽가가 승리하든 패배하든 그것은 문제가 아니었다.

문제는 하북성의 민심이었다.

물가가 이렇게 올라간다면 황실에서 그냥 있지는 않을 것이다.

하북팽가나 천리 표국을 벌하는 것이 아닌 하북성주를 징계할 것이 분명했다.

"제기랄!"

하북성주는 쓴 입맛을 다셨다.

하북성이 요즘 떠오른다는 소문을 듣고 이곳을 맡은 것이 화근이었다.

원래대로라면 돈과 권력을 휘어잡아, 바로 중앙 정계로 복직할 수 있는 열쇠가 이곳 하북성에 있어야 했다.

그런데 지금은 개작두가 아른거렸다.

그때 옆에서 누군가의 목소리가 들려왔다.

"성주님, 진정하시지요."

고개를 들어 보니 이곳의 토박이 정주섭이었다.

생각해 보니 누군가가 옆에 있다는 것도 모른 채 못 볼 꼴을 보인 것이다.

성주 조세현은 미간을 좁혔다.

"자네도 있었구먼."

"네, 아까부터 보고 있었습니다."

"참, 그러고 보니 자네가 하북팽가와 친분이 있지 않나? 혹시 둘을 말릴 방법이 있으면 말해 보게."

"이번 일은 천리 표국에서 원한을 품은 것으로 보입니다. 하북팽가를 설득한다고 해서 될 일은 아닙니다. 열쇠는 천리 표국이 가지고 있습니다. 표국이라면 성주님께서……."

"내가 얘기를 안 해 본 것이 아니네. 표국주가 딱 잘라 말하더군."

"뭐라고 했습니까?"

"이건 무림인의 일이라더군."

"그런 무례한……."

"무례하지는 않았네. 일이 끝나면 사례를 하겠다고 정중히 허리를 숙이더군. 그리고 건넨 것이 저 황금이 가득 든 상자네."

조세현은 상자 하나를 가리켰다.

평상시 같았으면 얼씨구나 하고 숨겼을 양의 뇌물이었다.

하지만 지금은 저것에 눈독을 들여서는 안 되었다.

하북성의 민심이 바닥을 치는 순간 황실은 조세현이 모아 놓은 모든 재산과 지금까지 닦아 놓은 권력의 기반을 모조리 회수할 것이 분명했다.

그러니 저것을 받는 것은 소탐대실.

웃긴 것은 그 상자의 옆에 비슷한 크기의 상자가 하나 더 있다는 점이었다.

그것은 하북팽가가 보내온 선물로, 옥과 금이 적절하게 섞여 있었다.

지금 조세현에게는 저것이 사약과도 같았다.

그렇다면 왜 돌려주지 못했을까?

그것은 본능이었다.

목에 칼이 날아온다면 무림인은 어떤 반응을 보일까?

막고 몸을 피하고 상대를 벨 것이었다.

그렇다면 평범한 관리가 뇌물을 받으면 어떤 반응을 보일까?

백이면 백 모두 뇌물을 뒤로 숨긴다.

그러고는 상대가 자리를 뜨면 그다음부터 계산에 들어간다.

조세현도 평범한 관리였다.

평범하기에 이 자리까지 오를 수 있었다.

그의 미간에 깊은 골짜기가 생겨났다.

황하의 물도 족히 담을 정도로 깊은 골짜기였다.

우왕좌왕하는 조세현을 본 정주섭은 속으로 혀를 찼다.

정주섭이 보았을 때 조세현은 오로지 직진밖에 모르는 사람이었다.

그것도 타인을 위한 직진이 아닌 자신의 성공을 위한 직진 말이다.

정주섭은 오랫동안 하북성에서는 이인자로 여러 명의 성주를 모셔 왔었다.

하지만 지금처럼 갈피를 못 잡는 성주는 처음이었다.

정주섭은 일단 그를 돕기로 했다.

잘못하다가 그의 목이 달아난다면 이인자인 자신도 무사하지 못할 것이 분명했기 때문이다.

"성주님, 제가 긴히 드릴 말씀이 있습니다."

"말해 보게."

"이번 일의 열쇠를 쥐고 있는 사람은 따로 있을 수도 있습니다."

"그게 누군가?"

조세현이 눈을 반짝였다.

그 모습에 정주섭이 재빨리 말을 이었다.

"다름이 아니라 하북팽가의 사 공자입니다."

"하북팽가의 사 공자라……. 이번 무가지회에서 명성을 드 높였으며 현비 쪽과도 연이 닿아 있다는 강호의 후기지수가 아니더냐? 내 딸과 이어 주려고도 생각했네."

조세현은 눈을 가늘게 떴다.

그러지 않아도 유심히 보고 있는 친구였다.

오죽 관심이 있으면 자신의 딸과 이어 주려는 결심을 했겠 는가?

조세현의 말에 정주섭은 헛숨을 들이켰다.

딸과 이어 주려고 하는 것은 조세현의 진심이라는 것을 알 고 있었다.

하지만 그 딸이 문제였다.

조세현의 딸은 무려 열다섯 명이 넘었다.

나이가 열다섯이라는 것이 아니었다.

그는 딸만 열다섯 명을 가지고 있었다.

그중에 양녀로 삼은 아이도 다섯이었다.

조세현은 혼인이라는 끈으로 여기저기 줄을 대고 있었다.

하지만 정주섭은 재빨리 표정을 수습하고 말을 이었다.

"팽가의 사 공자가 있었다면 분명히 이번 싸움은 일어나지 않았을 겁니다. 이제까지 모든 일을 백성의 관점에서 해결해 왔으니까요. 오죽하면 하북의 생불이라 불리겠습니까?"

"그 얘기는 들었네. 하지만 하북팽가의 사 공자가 아무리

의인이라도……. 복수심에 불탄 낭인왕을 어찌 막겠는가?"

"낭인왕이 하북팽가의 사 공자와 친해진 이유를 아십니까?"

"자네는 알고 있다는 투군?"

"네, 알고 있습니다. 낭인왕이 하북팽가의 사 공자와 친해진 것은 그의 대범함도 있지만, 중요한 것은 사 공자의 외모가 낭인왕이 오래전 헤어진 가족과 비슷하게 생겨서라는 군요."

정주섭의 말에 조세현이 눈을 가늘게 떴다.

그도 싸움이 일어난 배경에 관해서는 대충 알고 있었으니까.

조세현은 조심스럽게 말을 이었다.

"혹시……."

"예상하고 계신 것이 맞을 겁니다. 소문에 의하면 하북팽가에서 낭인왕의 동생을 죽였다고 합니다. 그 동생과 사 공자의 외모가 비슷하다지요."

"그럼 그 동생이 하북팽가의 사 공자라는 것인가?"

"그건 불가능합니다. 사 공자는 하북팽가에서 태어난 것이 분명하니까요. 그것은 하북 사람들 모두가 알고 있습니다. 하북팽가의 사 공자는 이곳 하북에서 꽤 유명했었습니다."

"유명했었다니, 그게 무슨 말인가?"

"물론 안 좋은 쪽으로 유명했습니다."

"안 좋다니……."

"하북팽가의 사 공자는 하북에서 모를 사람이 없을 정도로 겁쟁이로 소문나 있었습니다."

"흠."

"지금은 전혀 다른 모습이지만요. 어쨌든 자신의 동생과 비슷한 외모를 가진 자가 싸움을 말리면 일단 진정될 것 같습니다."

정주섭은 확신한다는 듯 눈을 빛냈다.

그 모습에 조세현이 재빨리 말을 이었다.

"그럼 빨리 하북팽가의 사 공자를 내 앞으로 데려오게."

"문제는 그가 아직 하북으로 돌아오는 중이라는 것입니다. 다만 소식을 전할 수는 있습니다."

"소식이라……. 어떤 방법으로 말인가?"

"강호에는 하오문이라는 집단이 있습니다. 그 집단을 통해서라면 그리 어렵지 않게 현재 상황을 그에게 전달할 수 있을 겁니다."

"허허."

조세현이 수염을 쓸어내렸다.

그 모습에 정주섭이 고개를 끄덕였다.

사실 개방을 통해서 전하는 게 빠를 수도 있었다.

하지만 정주섭은 오래전부터 하오문과 정보를 거래해 왔다.

정보는 그가 하북의 붙박이 이인자로 살아남을 수 있었던 힘의 근본이었다.

　그런 이유로 강호의 생리에 대해서는 잘 알고 있었다.

　정주섭은 분명 하북팽가의 사 공자가 나선다면 이 싸움은 일단락될 것이라 믿었다.

　그때 조세현이 다시 말을 이었다.

　"그럼 빨리 하북팽가의 사 공자를 찾아보게."

　"성주님, 죄송하지만……."

　"빨리 말해 보게!"

　"이번에는 돈이 조금 들 것 같습니다."

　"얼마나 들지는 모르겠지만, 저것을 가져가게."

　조세현은 하북팽가와 천리 표국에서 받은 상자를 가리켰다.

　"네. 알겠습니다, 성주님."

　고개를 숙인 정주섭은 재빨리 상자가 있는 곳으로 뛰어갔다.

　그는 한참 동안 고심했다.

　얼마를 가져가야 할지를 몰라서였다.

　그 모습에 조세현은 손을 휘휘 내저었다.

　"무슨 고민을 하나? 필요한 만큼 가져가게. 저건 내 것이 아니라 그들이 내게 준 선물이네. 저 선물로 그들의 싸움을 막을 수 있다면 나는 그걸로 족하네."

"알겠습니다, 성주님."

정주섭은 미안한 표정으로 상자 중 하나를 잡았다.

그러고는 그대로 들고 몸을 돌렸다.

그 모습에 조세현이 눈을 크게 떴다.

"지금 뭐 하는 건가?"

"필요한 만큼 가져가라고 하시지 않았습니까? 모자라면 다시 가지러 오겠습니다."

"……."

조세현은 입을 딱 벌렸다.

하지만 정주섭의 표정이 심각하기에 더는 묻지 않았다.

정주섭은 이 상자에 있는 돈의 반 이상은 날아갈 것이라고 생각했다.

그것은 오랜 시간 하북성의 이인자로 살아남은 관리로서의 감이었다.

설화와 청화 그리고 백미랑은 호법을 서고 있었다.

그것은 한빈이 태극칠성보의 흔적을 바닥에 깔아 놓고 움직이지 않고 있기 때문이었다.

그들은 마른침조차 삼키지 않고.

숨도 조심해서 쉬고 있었다.

한빈에게 방해가 될까 걱정되어서였다.

흔적을 마차 밖으로 옮겨 놓은 지 벌써 하루가 지났다.

수다스럽던 광개도 입을 굳게 다문 채 주변을 살피며 경계를 소홀히 하지 않고 있었다.

과연 한빈에게서 무슨 일이 일어난 것일까?

한빈은 백미랑으로부터 실마리를 하나 얻었다.

그것은 태극칠성보의 결이었다.

모든 사물과 동작에는 결이 있다는 것이 무공의 기본.

그 결은 길이라는 말과도 상통한다.

모든 무공은 정상적인 길을 따라 움직인다.

때로는 옆길로 새기도 하고.

돌아가기도 한다.

중요한 것은 언젠가는 본래의 길로 돌아온다는 점이었다.

허초이든.

변초이든.

모든 초식은 하나의 점으로 귀결된다.

태극칠성보도 마찬가지였다.

인간의 걸음이라고는 할 수 없지만, 마지막에 향하는 것은 오로지 한 점.

한빈은 이제까지 변화를 살피려 할 뿐이었지, 그 목표를 눈여겨보지 않았던 것이었다.

목표를 보고 큰길을 살필 수 있다면 태극칠성보의 깨달음은 자신의 것이 된다 믿었다.

눈을 가늘게 뜨고 흔적을 바라보던 한빈이 작게 고개를 끄덕였다.

드디어 길이 보인 것이다.

샛길을 하나씩 지우다 보니 이제야 큰길이 보이게 된 것.

한빈은 몰랐지만, 여기까지 도달하는 데만 해도 무려 열두 시진 이상이 걸렸다.

한빈은 그동안 눈도 깜빡이지 않고 집중했다.

이것은 모두 용린의 주인이 된 덕분이었다.

그 글을 찾자 눈앞이 환해지며 황금빛 줄기가 하나로 이어진다.

그때 시야를 가득 채우는 문구.

[강호에 흩어진 초식을 찾았습니다. 태극칠성보.]

한빈은 자신도 모르게 주먹을 불끈 쥐었다.

하지만 뒤를 잇는 글귀에 고개를 갸웃했다.

[이 초식은 불완전합니다.]
[용린검법에서 이 초식을 구사하는 것은 불가능합니다.]

지금 나오는 글귀만 가지고 해석한다면 이 초식은 꽝이라는 말이었다.

한빈은 고개를 저었다. 이런 경우는 처음이었다.

태극칠성보라는 기연이 왜 자신에게 다가왔겠는가?

분명 이유가 있어서라 생각했다.

그런데 초식을 펼칠 수 없다니!

이것은 진수성찬을 차려 두고 구경만 하라는 것과 똑같았
다.

그때였다.

비가 내렸다.

툭. 툭.

공터를 적시는 소나기.

하지만 한빈은 그 자리에서 조금도 움직이지 않았다.

그때였다.

한빈의 눈앞에 새로운 문구가 나타났다.

[태극칠성보를 기존의 무공과 융합하시겠습니까?]

한빈은 조용히 고개를 끄덕였다.

동시에 문구가 이어졌다.

[새로운 초식이 탄생했습니다. 구룡십팔보.]
[지금 확인하시겠습니까?]

한빈은 다시 고개를 끄덕였다.

[거대한 용을 본 사람들은 용이 느리다고 말합니다. 하늘을 오르는 용은 그리 급하지 않습니다. 하지만 용의 움직임 한 번은 중원을 덮고도 남습니다. 너무 멀리 떨어져서 보기에 용의 움직임이 작게 보일 뿐입니다. 이제 당신의 한 걸음은 용의 한 걸음이 됩니다. 실력편의 모든 속성을 사용할 수 있습니다.]

그 글귀는 천천히 사라졌다.
동시에 온몸이 불에 탄 듯 화끈거리기 시작했다.
하지만 그리 나쁜 기분은 아니었다.
마치 온몸에 있던 탁기를 용린의 기운이 태우는 듯한 착각이 들었다.
한빈은 자신에게 찾아온 이상한 현상에는 신경 쓰지 않고 용린검법을 살피기 시작했다.
한빈은 조용히 허공 속의 책장을 넘긴다 생각했다.
동시에 용린검법의 책장이 스르르 넘어간다.
한빈의 시선이 멈춘 곳은 바로.

[응용편]
[구룡십팔보]
[구걸십팔보]

[진룡파혼검]

[······]

이제까지 익혔던 응용편의 초식의 맨 위에 새로운 초식이 나와 있었다.

다행인 것은 기존에 있던 구걸십팔보의 초식이 온전히 남아 있다는 점이었다.

한빈의 입꼬리는 보기 좋게 올라갔다.

한빈은 조용히 태극칠성보의 흔적을 한곳에 모았다.

청강석이 일곱 개 쌓이자 한빈은 조용히 그곳으로 손을 뻗었다.

'진룡파혼장.'

순간 태극칠성보의 흔적이 가루가 되었다.

그 가루는 대지를 적시는 빗물에 서서히 쓸려 내려갔다.

그 모습을 보고 있던 광개는 입을 딱 벌렸다.

그가 보기에는 한빈에게 아무런 변화도 없었다.

한빈이 관찰하던 흔적은 분명 깨달음으로 가는 길이 나와 있는 지도라 생각했다.

그런데 모든 것을 포기한 듯 그것을 가루로 만들어 버리다니.

광개는 재빨리 한빈에게 다가갔다.

"친구, 괜찮은가?"

말을 건넨 광개는 자신도 모르게 입을 딱 벌렸다.

쏟아지는 빗줄기가 입으로 들어가는데도 광개의 입은 닫힐 줄 몰랐다.

그 모습에 한빈은 고개를 갸웃했다.

"광개, 표정이 대체 왜 그래?"

한빈이 평소의 말투처럼 물었지만, 광개의 입은 닫히지 않았다.

광개의 당황한 모습에 설화와 청화 그리고 백미랑도 달려왔다.

한빈이 걱정되기에 못 참고 달려온 것이다.

하지만 그들도 한빈의 바로 앞에서 걸음을 멈추고 입을 벌렸다.

"공자님."

청화는 그 한마디를 남긴 채 석상처럼 굳었다.

설화는 조심스럽게 한빈에게 다가간다.

그 모습에 한빈이 물었다.

"대체 다들 왜 그래?"

"지금 공자님 얼굴이 이상해요. 꼭 피부가 녹아내리는 것 같아요."

설화의 말에 한빈은 자신의 얼굴을 만져 봤다.

순간 한빈은 고개를 갸웃했다.

찐득찐득한 액체가 얼굴을 덮고 있기 때문이었다.

그 액체는 빗물에 계속 씻겨 내려가고는 있지만, 피부에서 계속 솟아오르고 있었다.

한빈은 그 액체를 확인했다.

검은색에 액체는 마치 흑유와도 비슷했다.

순간 백미랑이 외쳤다.

"환골탈태!"

순간 모두의 눈이 한 단계 커졌다.

그러지 않아도 커졌던 그들의 눈은 이제 눈동자가 튀어나올 것 같았다.

설화도 똑같이 외쳤다.

"공자님, 환골탈태가 맞는 것 같아요!"

그들의 말에 한빈은 자신의 얼굴을 다시 만져 봤다.

그러고는 자신의 소매를 바라봤다.

지금 피부를 통해서 나오는 것은 분명히 탁기였다.

얼굴뿐 아니라 모든 곳에서 탁기가 흘러나오고 있었다.

"대체 이게……."

한빈은 말끝을 흐렸다.

아무래도 태극칠성보의 깨달음 때문인 것 같았다.

빗줄기는 계속 거세졌다.

덕분에 한빈의 몸에서 나오는 탁기는 빗줄기에 바로 씻겨 내려갔다.

그들은 빗줄기를 맞으며 대화를 이어 나갔다.

광개가 입가에 미소를 머금고 물었다.

"대체 무슨 깨달음이었나? 친구."

"흔적을 보다 보니 머리를 살짝 치는 깨달음이 지나갔는데, 정확히는 모르겠네."

한빈이 모르겠다는 듯 웃자 광개가 상체를 기울였다.

"그 깨달음 나눠 줄 수 있겠나? 친구."

"광개, 네가 직접 확인해 봐."

"헉."

광개가 비명을 질렀다.

그러고 보니 깨달음의 가장 중요한 단서인 태극칠성보의 흔적이 빗물에 씻겨 없어진 것이다.

당황한 광개의 모습에 한빈이 말을 이었다.

"몸에 안 맞는 옷은 그래도 버틸 만하지만 안 맞는 음식을 먹으면 큰일 난다."

"……."

광개는 눈을 끔뻑거리며 한빈의 표정을 살폈다.

그는 한빈이 진심이라는 것을 알고 조용히 웃었다.

한빈도 광개가 웃자 마주 웃었다.

진심으로 광개를 위해 한 말이었다.

태극검제도 일곱 걸음을 펼치기 위해 오랜 시간이 걸렸다.

일곱 걸음을 펼친 후 보여 줬던 태극검제의 표정이 아직도 생생한 한빈이었다.

지금 생각해 보니 이건 인간이 펼칠 수 있는 무공이 아니었다.

태극칠성보는 용린의 기운을 담고 있던 무공이라 한빈은 확신하고 있었다.

내공이 아닌 용린의 기운을 사용하는 무공.

일반인이 사용하기 위해서는 정신력을 소모해야 하는 무공.

어찌 보면 광개와 같은 초절정 고수에게는 위험한 무공이었다.

꽃

다음 날 아침 한빈은 미리 준비한 무복으로 갈아입고 아침을 맞았다.

그 모습에 설화는 고개를 갸웃했다.

붉은색 무복이 아닌 평범한 회색 무복으로 갈아입은 한빈이 이상해 보였던 것이다.

모두가 모여서 아침을 먹고 있을 때였다.

어디선가 날갯짓 소리가 들려왔다.

푸드득.

고개를 돌려 보니, 영물인 조조가 백미랑의 어깨 위에 내려앉고 있었다.

백미랑은 조조의 다리에 달려 있던 전서 통을 떼 내어 한빈에게 전했다.

전서 통을 확인한 한빈은 눈을 가늘게 떴다.

그것도 잠시, 한빈은 재빨리 손가락을 튕겼다.

딱.

그 소리에 설화가 약속한 것처럼 마차 바닥에 종이를 깔았다.

한빈은 재빨리 소매를 걷어붙이고 설화가 준비한 세필을 들었다.

한빈의 붓이 종이 위를 누볐다.

사사—삭.

전광석화의 묘용이 담긴 한빈의 붓놀림에 모두가 입을 벌렸다.

하지만 백미랑이 놀란 것은 한빈의 붓놀림 때문이 아니었다.

한빈이 적은 내용 때문이었다.

잠시 후, 백미랑의 손에서 조조가 떠났다.

푸드득.

날갯짓을 하며 멀어지는 조조를 본 한빈이 작게 웃자 백미랑이 물었다.

"팽 공자님, 진짜 그래도 되는 거예요?"

"그래도 됩니다."

"아무리……."

그때 햇볕이 마차 안으로 들어오자, 백미랑은 말끝을 흐렸다.

햇볕이 들어오자 한빈의 모습이 완벽하게 드러났기 때문이다.

백미랑의 눈에 한빈은 다른 사람처럼 보였다.

한빈을 처음 봤다면 무공을 모르는 서생이라 했을 것이다.

살짝 변한 얼굴의 윤곽선.

그리고 이전보다 더 하얗게 변한 얼굴.

키는 손가락 한 마디 정도 큰 것 같지만, 나이는 이전보다 더 어려 보였다.

백미랑은 반로환동이란 말이 왜 있는지를 알 것만 같았다.

한빈의 외모가 변한다면 아마 지금이 가장 이상적인 상태가 될 것이다.

빤히 바라보는 백미랑의 모습에 한빈이 어색하게 웃었다.

"이제는 이 호위와는 전혀 다르게 보이지요?"

"……그, 그래요."

"이제 이 호위가 수염을 붙이지 않아도 될 것 같습니다. 뭐, 나도 변장을 하지 않아도 될 것 같군요……. 그런데 이 호위의 외모를 이용 못 한다고 하니 아쉽네요, 쩝."

한빈이 아쉬운 듯 입맛을 다셨다.

"아."

백미랑은 입을 크게 벌렸다.

빗속에서 선 채로 환골탈태라는 전무후무한 사건을 만들어 낸 사내가 고작 생각한다는 것이 변장을 안 해도 된다니!

백미랑은 잠시 할 말을 잃었다. 그녀는 주변을 돌아보며 다른 이들의 눈치를 봤다.

이상한 것은 아무도 한빈의 모습에 놀라지 않는다는 점이었다.

광개는 아예 한빈에게는 눈길조차 주고 있지 않았다.

그저 망연자실 마차 밖을 바라보고 있다.

백미랑은 대충 광개의 기분을 알 것만 같았다.

자신도 태극칠성보를 보며 입맛을 다시고 있었으니 광개의 기분을 모를 리 없었다.

재미있는 것은 설화와 청화의 모습이었다.

둘은 조용히 당과와 떡을 먹고 있었다.

한빈의 변화에 신경도 쓰지 않는 모습이었다.

그때, 한빈의 목소리가 들리자 백미랑은 번뜩 정신 차렸다.

"백 문주, 이건 내 형님의 행렬로 보내는 전서입니다. 그리고 이건……."

한빈은 한 뭉치의 쪽지를 내밀었다.

백미랑은 긴장한 듯 마른침을 삼켰다.

전서뿐 아니라 자신들에게 주는 쪽지까지 끼어 있었다.

백미랑이 급히 물었다.

"그냥 지시를 내리면 되시지, 왜 이걸 우리에게……?"

"저는 하북으로 먼저 떠나야 할 것 같습니다."

"떠나시다니요?"

"지금 떠나지 않으면 하북에서 벌어지는 잔치에 못 낄 것 같아서요."

한빈이 씩 웃자 설화가 자리에서 일어났다.

"그럼 저도 준비할게요, 공자님."

"아니야. 이번에는 너도 백 문주와 천천히 와."

"네?"

"아마도 지금은 경공술로는 나를 따라오지 못할 거야."

"그래도…….."

"나중에 때가 되면 가르쳐 줄게."

"약속이에요."

설화가 눈을 빛내자, 한빈이 고개를 끄덕였다.

"물론이지."

말을 마친 한빈은 청화를 바라봤다.

"너도 마찬가지야, 청화야."

"말 안 해도 알고 있었어요, 헤헤."

청화가 밝게 웃자 한빈이 마차의 문을 열었다.

덜컹.

마차 밖으로 나간 한빈은 잠시 허공을 바라보더니 땅을 박
찼다.

순간 화살이 날아가는 듯한 소리가 울렸다.

피슝!

한빈의 신형이 눈앞에서 사라졌다.

하지만 그들 중 누구도 한빈의 옷자락조차 보지 못했다.

눈앞에서 사라진 한빈을 본 청화가 자신의 눈을 비볐다.

"앗, 저게 구걸십팔보라니⋯⋯."

"아니야. 저건 분위기가 달라. 새로 얻은 깨달음의 결과일
것 같아."

설화는 한빈이 사라진 자리를 보며 활짝 웃었다.

설화는 한빈이 강해지는 것이 자신이 강해지는 것과 같다
는 것을 알고 있었다.

욕심이 많기는 해도 한빈은 수하와 나눌 줄 아는 사람이었
다.

흐뭇하게 웃던 설화의 표정이 갑자기 어두워졌다.

그 모습에 청화가 물었다.

"왜 그래요? 언니."

"아, 아무것도 아니야."

손을 내저으며 고개까지 휘휘 젓는 설화의 모습은 누가 봐
도 이상했다.

설화는 계약 기간이 끝나 이곳을 떠날 것을 생각하니 서글

퍼졌던 것이다.

❧

한빈은 휙휙 지나가는 풍경에 눈을 크게 떴다.

새로 얻은 구룡십팔보의 위력은 놀라웠다.

이 정도의 속도로 내공의 소모 없이 간다는 것은 이해가 되지 않았다.

눈을 크게 뜨고 풍경을 바라보던 한빈은 고개를 갸웃했다.

풍경에 겹쳐 보이던 용린검법에 나와 있는 실력편의 상태가 조금 이상했기 때문이다.

[실력편]

[속(速) : 이(二)]

[……]

실력의 속성이 눈 깜짝할 사이 줄어들고 있었다.

속의 속성이 다 소모되자 다음 속성이 줄어들고 있었다.

줄어드는 모습이 마치 밑 빠진 항아리와도 같았다.

하지만 무시 못 하는 속도.

이제 풍경을 감상할 정도의 여유가 없었다.

눈에 띄게 줄어들고 있는 속성에 결단을 내려야 할 때였다.

멈춰야 할까?

한빈은 고개를 저었다.

지금 멈춘다면 하북에서 일어나는 일을 그저 지켜볼 수밖에 없었다.

이제 실력편에 남아 있는 속성이 없었다.

공, 체, 력 등 모든 속성이 바닥을 보였다.

점점 효과를 다하는 구룡십팔보.

그때였다.

허공에 뜬 용린검법이 반짝이더니 새로운 글귀가 나타났다.

[한혈마의 효과로 구룡십팔보를 펼칠 수 있습니다. 구룡십팔보를 계속 펼치시겠습니까?]

한혈마라?

한혈마라면 하루에 천 리를 달리는 전설의 명마였다.

하루에 천 리를 달리며 피 같은 땀을 흘린다는 명마.

왜 그 이름이 나온다는 말인가?

하지만 지금은 그것을 따질 때가 아니었다.

한빈은 재빨리 고개를 끄덕였다.

순간 한빈이 펼치던 구룡십팔보가 다시 속도를 얻었다.

피슝.

한빈이 쏜살처럼 산자락을 지나갔다.

빠른 속도에 기척마저 느껴지지 않는다.

오죽하면 산자락을 번개처럼 나아가는데도 산짐승들이 움직이지 않았다.

문제는 한빈이 호북의 초입에 들어섰을 때 발생했다.

한빈은 갑자기 눈앞이 흐려졌다.

살짝 어지럼증을 느끼던 한빈. 속도가 자신이 느낄 수 있을 정도로 줄어들어 있었다.

동시에 몸이 슬쩍 기울어졌다.

달려가는 속도에서 중심을 잡지 못하자 한빈의 몸은 공처럼 데굴데굴 굴렀다.

우당탕.

한빈은 마을 초입에 있던 담벼락과 부딪히고 나서야 멈췄다.

순간 귓가에 비명이 들려왔다.

"꺅! 사람이 죽었어요!"

"저, 저건 역병이야!"

"다들 피해!"

그들의 목소리에 한빈은 조용히 고개를 돌렸다.

한빈의 눈에 당황하는 사람들의 얼굴이 들어왔다.

거지들은 자신의 자리에 있는 동냥 그릇까지 놔두고 허겁지겁 자리를 피했다.

한빈의 주변에는 쥐 새끼 한 마리도 얼씬거리지 않았다.

고개를 갸웃한 한빈은 허공을 바라봤다.

허공에는 묘한 글귀가 적혀 있었다.

[한혈마 효과를 지속할 수 없습니다. 용혈이 부족합니다.]

한빈은 그 의미를 파악하기 위해 눈을 지그시 감고 생각에 잠겼다.

첫째. 구룡십팔보는 실력편의 구결을 사용한다.

둘째. 실력편의 구결이 사라지면 한혈마 효과가 발동된다.

원래대로 구룡십팔보를 펼친다면 실력편의 속성을 쓴다. 하지만 그것이 모두 소모되고 나면…….

순간 한빈은 다시 한번 용린검법을 바라봤다.

한빈의 시야에 들어온 용혈이란 단어를 한혈마와 연관시키자 등에 소름이 돋았다.

한빈은 재빨리 몸을 일으킨 후 자신의 몸을 살펴봤다.

자신의 손을 보니 마치 전쟁터에서 칼이 썰린 병사처럼 몰골이 말이 아니었다.

한빈이 볼 수 있는 곳은 모두 피로 흠뻑 젖어 있었다.

한빈은 옆을 힐끔 바라봤다.

그곳에는 물이 졸졸 소리를 내며 흐르고 있었다.

한빈은 작은 개울로 가서 자신의 얼굴을 바라봤다.

한빈은 그제야 사람들이 역병을 외치며 도망간 이유를 알 것만 같았다.

한빈의 모습은 완벽한 환자였다.

환골탈태 덕분에 하얗게 변한 얼굴은 더욱 창백해졌으며 얼굴의 여기저기에는 핏물이 굳어 있었다.

이건 누가 보더라도 역병에 걸린 사람이었다.

한빈은 일단 개울에서 세수했다.

얼굴에 덕지덕지 묻었던 피가 바로 씻겼다.

한빈은 피가 묻은 목과 팔을 모두 깨끗하게 씻어 냈다.

환골탈태 덕분에 생긴 허물도 같이 벗겨졌다.

팔에 있던 기존의 피부는 뱀이 허물을 벗듯 손쉽게 떨어져 나왔다.

일단 세안을 끝낸 한빈은 재빨리 개울 옆 바위에 몸을 기댔다.

한빈에게 필요한 것은 휴식이었다.

지금 세안을 하며 벗겨 낸 것은 분명 진짜 피였다.

그 피는 어디에서 나왔을까?

아마 용혈이 부족하다고 나온 글귀와 연관이 있을 것이었다.

한혈마는 피 같은 땀을 배출하는 명마.

한빈은 진짜 피를 내뿜고 달리고 있었던 것.

한빈이 피를 뿜고 달리는 것을 누군가 봤다고 하면 까무러

쳤을지도 몰랐다.

다행인 것은 피를 모두 소모하지 않았다는 것.

아마 모든 피를 소모했다면 한빈은 이 세상 사람이 아닐 것이었다.

피를 소모할 때는 이미 실력편의 속성은 모두 동이 난 상태이니 '기사회생' 같은 구명절초도 쓸 수 없을 터였다.

무공이란 대가를 소모하기 마련.

상승 무공은 상상도 못 할 만큼의 내공을 사용하는 반면, 용린검법의 초식들은 속성을 사용한다.

속성을 다 사용하고 나면 본신의 내공을 사용하게 된다.

문제는 그 한계를 넘었을 경우였다.

바로 지금이 그런 상황이었다.

전 같으면 초식을 사용하지 못하는 상황이 끝이었다.

하지만 지금은 환골탈태 덕분인지 한계가 없어졌다.

한계를 벗어난 경우는 속성이나 본신의 내공이 아닌 피를 사용할 수밖에 없는 것 같았다.

한빈은 지금 혈맥이 허전하다는 것을 느끼고 있었다.

보통 사람 같으면 벌써 정신을 잃었을지도 모르는 상황.

관자놀이를 지그시 누르던 한빈은 잠시 생각에 잠겼다.

지금은 다급한 상황.

피를 사용하더라도 제시간에 도착하는 것이 좋았다.

가장 중요한 것은……

일단 몸을 회복하는 것이었다.

한빈은 자신의 품에 손을 넣었다.

한참을 자신의 품을 뒤지던 한빈이 입을 살짝 벌렸다. 생각해 보니 환골탈태 덕분에 옷을 갈아입고 그냥 떠나온 것이 기억난 것이다.

지금 남아 있는 것은 다리에 찬 만월과 부러진 월아밖에는 없었다.

그때 한빈의 배 속에서 소리가 울린다.

꼬르륵.

제법 큰 소리에 한빈은 미간을 좁혔다.

말이 안 되는 것 같지만, 한빈은 암제와의 대결 때보다도 더 힘들었다.

이대로 아무것도 먹지 못하면 죽을 수도 있었다.

한빈은 옆에 있던 나무토막을 집었다.

그것을 지팡이 삼아 천천히 마을 쪽으로 걸어갔다.

한빈이 자리에서 사라진 후 창을 든 병사들이 개울가에 들이닥쳤다.

그들은 한빈이 있던 자리를 보고는 눈을 크게 떴다.

그곳에는 피딱지와 벗겨진 허물이 그대로 남아 있었다.

병사 중 상급자로 보이는 이가 소매로 입을 다급히 막았다.

그러고는 재빨리 외쳤다.

"모두 저곳에서 떨어져라! 역병이 분명하다!"

그의 외침에 병사들은 개울에서 멀찌감치 물러났다.

개울에서 물러나서 그곳을 바라보는 병사.

그중 병사 하나가 상급자에게 조심스럽게 말을 이었다.

"저 개울 말입니다."

"말해 봐라."

"이 마을의 식수원으로 쓰이는 물이 아닙니까? 저기에 역
병이 묻어 흘러들어 간다면……."

"흠. 일단 나는 지부대인께 보고하겠다. 너희는 이곳을 지
키고 있거라."

상급자는 재빨리 자리를 떠났다.

한 시진 후.

한빈은 말끔한 옷으로 갈아입고 저잣거리를 거닐고 있었
다.

한빈은 주변에 있던 유생의 집으로 들어가 옷을 훔쳐 입고
어딘가를 향하고 있었다.

천천히 저잣거리를 거닐던 한빈은 커다란 전각 아래에 멈
췄다.

한빈은 조용히 위쪽을 바라봤다.

높지는 않지만, 마치 성벽처럼 단단해 보이는 담장에, 입구의 기둥은 철로 되어 있는 전각이었다.

그 전각의 위에는 금빛 필체가 살아 숨 쉬는 듯 위용을 뽐내고 있었다.

만금 전장 호북 지부

현판을 본 한빈은 진득하게 웃었다.

구룡십팔보의 부작용을 해결할 방법이 저곳에 있었기 때문이다.

한빈의 걸음이 호북의 초입에서 멈춘 것은 어찌 보면 천운이었다.

한빈은 자신도 모르게 혼잣말을 뱉었다.

"진짜 운이 좋네."

말을 마친 한빈은 품에서 서생들이 쓰는 모자를 꺼내 썼다.

이제 누가 봐도 무인이 아닌 서생.

만금 전장 안으로 들어간 한빈은 입을 막고 작게 헛기침했다.

"흠."

그 소리에 점원이 급히 달려왔다.

점원은 깔끔한 흰색 의복에 두건까지 흰색으로 쓰고 있었다.

이곳이 의원인지 전장인지 모를 정도.

거기에 주변에서는 차향이 은은히 풍겨 온다.

만금 전장이 왜 중원 최고의 전장인지를 보여 주는 것만 같았다.

한빈의 앞에 멈춘 점원은 살짝 고개를 숙였다.

"어서 옵쇼. 무슨 일을 도와드릴까요?"

"전장에 맡긴 돈을 찾으러 왔습니다."

"돈이라면……."

점원은 말끝을 흐리며 한빈을 바라봤다.

서생처럼 보이는 의복으로 봐서는 돈이 별로 없을 것 같았다.

하지만…….

점원은 눈을 크게 떴다.

얼굴에서 스멀스멀 피어오르는 귀티는 숨길 수 없었다.

점원은 재빨리 머릿속으로 계산했다.

그는 이곳 만금 전장의 중급 점원이었다.

중급 점원에 오르기까지 산전수전 다 겪은 그였다.

이제 이 년만 버티면 수석 점원이 된다. 그 후 지점장까지는 올라가는 것은 시간문제였다.

이 때문에 점원은 조심, 또 조심하며 손님들을 대하고 있었다.

점원은 다시 한번 한빈을 바라봤다.

외모에서 풍기는 기품은 그를 함부로 대하지 말라 말하고 있었다.

점원은 손을 비비며 말을 이었다.

"돈을 찾으러 오셨다면 이쪽으로 와 주시지요. 전표는 가지고 오셨는지요?"

"전표라……."

한빈이 말끝을 흐리자, 점원은 불안한 듯 눈매를 좁혔다.

"혹시 전표도 없이 전장에 돈을 찾으러 오신 겁니까?"

살짝 높아지는 억양.

한빈은 아무렇지 않게 말을 이었다.

"내가 찾는 돈에는 전표가 필요 없습니다. 그냥 이곳의 책임자에게 안내해 주시죠."

"우리 지점장 나으리를요?"

점원이 한빈을 의심의 눈초리로 바라봤다.

그 모습에 한빈이 아무렇지 않게 손을 들어 가슴에 갖다 댔다.

그러고는 검지와 중지, 엄지 세 손가락으로 묘한 모양을 만들어 냈다.

그 모습에 점원의 눈이 커졌다.

저 표시는 만금 전장 호북 지부에서 귀빈들에게 알려 준

수신호였다.

그것도 최고 귀빈을 나타내는 신호.

점원의 심장이 갑자기 방망이질 쳤다.

최고 귀빈을 지척에서 본 것은 처음이었다.

귀빈의 말 한마디는 수석 점원으로 가는 기회가 될 터였다.

점원은 재빨리 표정을 수습하고 어색하게 웃었다.

"귀빈을 뵈옵니다. 이쪽으로 모시겠습니다."

"흠."

한빈이 다시 헛기침하며 따라가자 점원은 힐끔 뒤를 돌아봤다.

그 모습에 한빈이 씩 웃으며 말했다.

"인피면구 처음 보십니까?"

"아, 아닙니다. 죄송합니다."

점원은 재빨리 고개를 숙였다.

아무리 봐도 인피면구가 맞았다.

선배 점원들에게 주워듣기로는 최고 귀빈들은 맨 얼굴을 드러내는 법이 없다고 했다.

저 하얀 피부에 스물도 안 되어 보이는 서생이라?

저런 서생이 귀빈들 특유의 기품을 팍팍 풍기고 있을 리가 만무하지 않은가?

그때였다.

한빈의 목소리가 점원의 귓가에 울렸다.

"뭐 하세요? 어서 암실로 안내하시죠."

"아, 알겠습니다. 어르신."

점원은 정중하게 허리를 숙였다.

말투까지 바뀐 점원의 모습에 한빈은 고개를 끄덕였다.

만금 전장의 최고 귀빈은 익명으로 돈을 맡길 수도, 익명으로 돈을 찾을 수도 있다.

익명으로 맡기고 찾는 데는 이유가 있는 법이었다.

그러니 맨 얼굴을 드러낸 채 귀빈의 암어를 제시하는 일은 없었다.

☙

점원이 안내한 곳은 주변이 온통 검은색으로 된 방이었다.

그 방의 가운데에 검은색 탁자가 있었는데, 그 위에는 지필묵이 가지런히 놓여 있었다.

그곳까지 안내한 점원은 살짝 고개를 숙이며 자리를 빠져나갔다.

점원이 빠져나가자 한빈은 팔짱을 끼고 그것을 바라봤다.

한빈이 이곳에 온 이유는 과연 무엇일까?

물론 돈을 찾기 위해서였다.

한빈은 슬쩍 붓을 들었다.
한빈은 정신을 집중하고 붓을 들었다.
스스-슥.
한빈의 붓이 종이 위를 누볐다.

구(九).
일(一).
……
사(四).

열여섯 개의 숫자를 주르륵 쓴 한빈은 붓을 놨다.
툭.
그러고는 그 종이를 가지고 검은색 벽을 향해 걸어갔다.
한빈은 숫자가 적힌 종이를 다시 한번 확인했다.
열여섯 개의 숫자는 하나의 글자를 만들고 있었다.
대(大).
이것은 만금 전장이 최고 귀빈들과 서로 약속한 표식이었
다.
지금 한빈이 있는 곳은 암실이라 불리는 공간이었다.
만금 전장 내의 모든 익명의 거래는 이곳에서 이루어진
다.
한빈은 종이를 든 채 잠시 기다렸다.

순간 검은색 벽에서 손 하나가 불쑥 나온다.

검은색 벽에 검은 천이 드리워져 있기에 눈치채기 힘들었다.

처음 오는 자라면 대부분 깜짝 놀라기 마련이었다.

하지만 한빈은 아무렇지 않게 종이를 건넸다.

종이를 쥔 손은 검은색 천 사이로 스르륵 사라졌다.

검은색 벽 너머로는 책장 넘기는 소리가 들려왔다.

스륵 스륵.

책장 넘기는 소리가 멈추고 벽 건너편에서 감정 없는 목소리가 들려왔다.

"얼마를 내드리면 되겠습니까?"

"전부."

한빈이 짧게 말했다.

순간 건너편에서 헛기침 소리가 들려왔다.

"흠."

"불가능합니까?"

"아, 아닙니다. 내어 드리죠. 하늘이 높으니……."

벽 반대편에서 뜬금없는 말이 튀어나왔다.

하지만 한빈은 당황하지 않고 답했다.

"검이 그곳을 따르리."

한빈의 말이 끝나자 검은색 벽에서 손이 다시 불쑥 튀어나왔다.

한빈이 건넸던 종이 대신 만금 전장의 인장이 찍힌 전표 한 뭉치가 나왔다.

한빈은 아무렇지 않게 그 전표를 쥐고 암실에서 빠져 나왔다.

한빈이 암실을 빠져나가자 검은색 벽 뒤에서는 한숨이 흘러나왔다.

"휴."

그는 만금 전장 호북 지부의 책임자인 박정한이었다.

길게 한숨을 내쉰 그는 텅 빈 암실을 보고는 마른침을 삼켰다.

그것도 잠시, 그는 재빨리 서찰을 작성했다.

그는 일정 금액이 전장에서 빠져나가면 본점으로 보고서를 올려야 했다.

책임자 박정한은 마지막으로 그곳에 금액을 적었다.

황금 삼천 냥.

사실 말도 안 되는 액수였다.

이것을 한 번에 맡긴 자도 없지만, 이렇게 한 번에 찾아간 자도 없었다.

이 정도의 금액을 찾는다면 이유는 하나였다.

그것은 바로 무림인들의 전쟁을 뜻한다.

단순히 지레짐작에서 나온 것은 아니었다.

오랜 시간 전장업에 몸을 담은 박정한의 오랜 경험에서 나오는 확신이었다.

이 정도의 금액이 빠져나가면 항상 무림에서 평지풍파가 일어났다.

＊

한빈은 아무렇지 않게 점원의 안내를 받아 만금 전장 호북 지부를 나왔다.

한빈은 두둑한 전표를 보고는 입맛을 다셨다.

"쩝."

이건 한빈도 예상 못 한 액수였다.

한빈이 암제의 유산을 맡겨 놓은 곳은 만금 전장의 본점인 서안 지부.

서안 지부에 맡겨 놓은 재산을 이곳에서 찾는 것은 불가능했다.

암제의 유산은 대부분이 돈이 아닌 보물이었기 때문이다.

보물의 가치를 산정해서 돈으로 찾으려면 실물이 있어야 가능한 법이었다.

하지만 이곳에는 한빈이 맡겨 놓은 보물이 없었다.

그렇다면 한빈이 쥐고 있던 돈의 출처는 어디일까?

한빈이 들고 있는 돈은 바로 위씨세가의 비자금이었다.

회귀하기 전 토굴에서 받았던 만금 전장의 전표가 바로 돈을 찾을 수 있는 표식이었다.

뭐, 그때 준 표식이 아니라도 전생에 이곳을 뻔질나게 드나들었으니 일정 부분은 빼낼 수 있을 것이었다.

"황금 삼천 냥이라……."

황금 삼천 냥이면 전생에 자신의 뒤통수를 쳤던 죄의 일 푼 정도는 용서해 줄 수도 있었다.

그래도 구 할 구 푼의 죄가 남아 있는 것은 별반 다르지 않았다.

사실 돈이 문제가 아니었다.

이것은 적의 보급로를 끊을 수 있는 한 수였다.

한빈은 이 흑막의 뒤에 위씨세가의 가주가 있을 것이라 확신하고 있었다.

한빈은 전표를 품속에 갈무리하고 재빨리 사라졌다.

이제 돈을 얻었으니 필요한 물품을 찾아야 할 때였다.

한빈은 허공에 떠 있는 용린검법을 바라봤다.

시간이 지나자 실력편의 속성이 조금씩 회복되기 시작했다.

이제 필요한 공력을 모으면 기사회생을 쓸 수 있었다.

기사회생을 쓴 후에는 필요한 물건을 손에 넣기 위해 호북과 하남이 맞닿아 있는 풍림현으로 향해야 했다.

때마침 그곳은 위씨세가가 있는 곳이었다.

한빈은 재빨리 구결십팔보를 펼쳤다.

시원한 바람이 한빈이 있는 자리를 스치고 지났다.

그 자리에는 낙엽만이 뒹굴 뿐이었다.

한빈은 필요한 물품을 들고 호북 지부의 하오문으로 향했다.

호북 지부의 하오문이 있는 곳은 호북 지부의 만금 전장이 있는 주문현에서 오십 리 정도 떨어진 곳이었다.

한빈은 아무도 모르게 마을로 들어왔다가 소리 없이 사라졌지만, 그가 남긴 파장은 예상 외로 컸다.

❦

그날 저녁.

관에서 나온 병사들이 주문현의 입구를 통제하고 있었다.

상인들은 마을 초입에 멈춘 채 서로를 바라보고 있었다.

그중 가장 당황한 이가 있었으니, 그는 바로 위상호의 오른팔인 영호였다.

위상호가 내린 살(殺)이란 명령의 중심에는 하북팽가가 있었다.

하지만 하북팽가만 죽이고 끝낼 생각이었다면 이 일을 시작도 하지 않았을 것이었다.

그것이 가주인 위상호의 생각.

그의 오른팔인 영호는 그 명을 충실이 이행하고 있었다.

가주가 원하는 것은 하북의 혼란과.

그에 따른 식량 부족.

모든 것이 가주 위상호가 예상한 대로였다.

이제 마지막 목을 죄어야 할 때였다.

그 목을 죄기 위해서는 만금 전장 호북 지부에 맡겨 놓은 자금이 필요했다.

하지만 지금은 만금 전장으로 들어가는 통로가 폐쇄된 상황이었다.

병사들은 마을을 봉쇄한 채 이유도 물어보지 않고 있었다.

영호는 대충 상황을 살폈다.

이런 경우라면 대역 죄인이 마을로 숨어들었다든지.

마을 안에서 큰 사고가 났을 경우밖에 없었다.

영호는 자신의 입술을 잘근잘근 씹었다.

오는 날이 장날이라더니, 만금 전장으로 들어가서 돈만 찾아오면 되는데 그 간단한 일이 초반부터 막힌 것이다.

주변을 둘러보던 영호는 입구를 지키는 병사에게 다가갔다.

그러고는 은밀하게 전낭 하나를 그의 허리춤에 찔러 넣었다.

전낭을 받은 병사는 눈썹을 꿈틀하더니 손짓한다.

그 손짓에 영호는 희망을 품고 상체를 기울였다.

"들여보내 주실 수 있습니까? 군관 나으리."

"미안하지만 안 되겠소."

병사가 손을 저었다.

영호는 그 모습에 눈을 가늘게 떴다.

돈은 받아 놓고 시치미를 떼는 모습이 얄미워서였다.

만약에 인피면구를 쓰지 않았다면 표정이 탄로 났을 정도였다.

영호는 재빨리 마음을 다잡고 다시 물었다.

"들여보내 주지 않을 거면 왜 돈을……."

"쉿. 내가 언제 돈을 받았다 그러는 것이오? 대신 정보를 하나 가르쳐 주겠소."

"정보라면……."

"쉬잇, 목소리를 낮추시오. 지금 이곳을 통제하는 이유가 뭔지 아시오?"

"……."

"주문현 안에 지금 역병이 돌고 있소."

"역병이라니, 그게……."

"씁, 그건 모르겠지만, 누군가 마을에 인위적으로 역병을 퍼뜨리려는 것 같소. 이건 정보를 전한 값으로 받아 두겠소."

말을 마친 병사는 전낭을 자신의 품에 넣었다.

그때였다.

영호의 뒤에서 누군가 안타깝게 외쳤다.

"허허, 이걸 어떻게 하나!"

그 목소리에 영호는 재빨리 고개를 돌렸다.

그곳에는 서생 복장의 사내가 서 있었다.

오비이락 (2)

영호가 고개를 갸웃할 때, 병사가 서생 복장의 사내에게
외쳤다.

"경을 칠 테니 입 다무시오!"

서릿발 같은 병사의 목소리에 서생은 손을 내저었다.

"아, 알겠소. 그러니 그렇게 소리치지 마시오."

서생은 뒤쪽으로 슬금슬금 물러났다.

병사도 표정을 풀고 헛기침을 뱉었다.

"알았다고 하니 그만하리다."

병사는 재빨리 자신이 지키던 마을 입구 쪽으로 다가갔다.

터벅터벅.

군화 소리를 내며 돌아가는 병사를 보며 서생은 한숨을 내쉬었다.

"휴."

병사가 떠나자 그 자리에는 영호와 서생만이 남았다.

영호는 조용히 주문현을 둘러싸고 있는 담장을 살펴보았다.

호북의 초입인 주문현은 그리 큰 마을은 아니었다.

그 때문에 적은 병력으로 완벽하게 봉쇄할 수 있었다.

은밀하게 진행하는 임무인 만큼 여기서 경거망동할 수는 없는 일이었다.

영호의 얼굴에는 근심이 가득 찼다.

어찌 보면 이번 일이 자신이 음지에서 뛰는 마지막 임무일 수도 있었다.

이번 일만 끝나면 위씨세가의 일원으로 정의맹에서 자리를 만들어 주어 양지로 나오게끔 돕겠다고 가주 위상호가 약속했기 때문이다.

영호는 어둠 속에서 살아왔다.

태어나자마자 살수로서 이십 년을 살아왔다.

그 이십 년 동안 살행을 하면서 한 번도 실패한 적이 없었다.

어느 무인이 그린 검로를 보기 전까지는 말이다.

그날도 영호는 마치 잠을 자고 밥을 먹듯 아무렇지 않게 살행을 떠났었다.

상대는 달빛을 받고 있었고.

영호는 어둠 속에서 그를 노리고 있었다.

목표는 달빛을 받으며 검무를 추고 있었다.

검무가 끝나고 방심할 때 파고들 예정이었다.

땀이 식으면 마음도 가라앉는 법.

그때를 파고들면 백이면 백 성공이었다.

하지만 영호는 검을 뽑아 들지 못했다.

영호는 술에 취한 듯 몽롱해진 눈으로 그 무인이 떠날 때까지 석상이 되어 있었다.

추상적인 의미가 아니라 실제로 취한 것이다.

상대의 검무에…….

달빛을 받으며 움직이는 목표의 검날은 그를 취하게 만들었다.

마치 달을 검신에 띄운 것만 같은 착각이 들게 만들었다.

검신에 뜬 달은 하나가 아니라 열두 개.

그것이 위씨세가의 월광검법이라는 것은 나중에야 알았다.

영호가 꼼짝 못 하고 있을 때 목소리가 들려왔다.

그것은 위씨세가의 가주였던 위상호의 목소리였다.

그때부터 영호는 위상호의 오른팔이 되어 움직였고, 살수의 검이 아닌 무림인의 검을 익히기 시작했다.

이제 그 검을 세상에 보여 줄 수 있는 날이 얼마 남지 않앉다.

그때였다.

낯선 목소리가 영호의 상념을 깨웠다.

"댁도 여기에 들어가야 할 이유가 있는 것 같군요."

고개를 들어 보니 아까 봤던 눈치 없는 서생이었다.

영호는 눈을 가늘게 뜨고 서생을 살폈다.

아까 봤을 때와 마찬가지로 눈치는 조금도 없었다.

지금도 희망에 차 그리고 있던 자신의 상상을 큰 목소리로 깨웠으니까.

영호의 눈빛에도 서생은 말을 이었다.

"허, 이거 참, 큰일 났군요. 만금 전장에 들러야 하는 데……."

영호는 서생의 말에 번뜩 정신을 차렸다.

목적지가 만금 전장이라 하니 뭔가 정보가 있을 것 같아서였다.

영호는 귀찮아하던 표정을 싹 지우고 말을 건넸다.

"당신은 만금 전장에 무슨 볼일이오?"

"저는 만금 전장에 돈을 맡겨야 하는데 큰일입니다."

"지금 돈을 맡긴다고 하셨습니까?"

"네, 조금 큰돈이라서 그냥 들고 갈 수는 없고 전장에 맡긴 후 나중에 찾아야 하는데……. 아무리 봐도 들어갈 틈이 없습니다. 담장을 넘어도 기가 막히게 병사들이 쫓아옵니다.

나는 왜 그러나 했더니 그게 역……."

서생은 다급하게 입을 막았다.

그리고는 힐끔 병사가 있는 곳을 바라봤다.

역병이란 그런 존재였다.

주문현에 역병이 돈다고 소문이 퍼지면 호북 전체가 혼란에 빠져들 것이었다.

그 혼란이 중원 전체로 퍼져 나가는 것은 시간문제고 말이다.

그래서 역병은 초기 대응이 중요했다.

그 첫 번째 대응은 철저한 봉쇄였다.

그다음이 바로 입단속이었다.

마지막으로는 황제의 결정을 기다리면 되었다.

다행히 병사는 슬쩍 눈치만 준 후 자리를 지켰다.

영호는 눈치 없는 서생이 부담스러웠다.

하지만 지금은 서생을 이용할 수밖에 없었다.

영호는 서생의 소매를 잡았다.

서생이 놀란 듯 외쳤다.

"왜 그러시오?"

"자, 잠시만 조용히 해 보시오. 저와 잠깐 얘기 좀 합시다."

영호는 서생의 소매를 잡고 조금 떨어진 수풀 쪽으로 걸어갔다.

병사가 멀어진 것을 확인한 영호가 물었다.

"안쪽의 경계가 그렇게 삼엄하다는 말이오?"

"얼핏 봤는데 금의위에서도 나온 것 같았습니다. 거기에 호북성의 병사들도 몰려온 것 같고요. 어쩐지 전부 얼굴을 가리고 있더라니, 역시 역병……."

"쉿, 목소리 좀 낮추시오."

"네, 알겠습니다. 그런데……."

서생은 영호를 아래위로 살폈다.

영호는 서생의 그런 모습에 황당한 듯 물었다.

"왜 그러십니까?"

"……."

하지만 서생은 눈을 가늘게 뜨고는 영호를 다시 살폈다. 고개를 갸웃한 서생이 말을 이었다.

"보아하니 무림인이신 것 같은데……."

"네, 무림인이 맞습니다."

"그럼 한 가지 부탁을 해도 되겠습니까?"

"부탁이라……."

"저를 좀 호위해 주시죠."

"그건……."

"돈이 좀 많아서 불안해서 그럽니다. 만금 전장에 맡기고 출발해야 하는데……. 지금은 그것도 불가능하니 말입니다."

"돈이 대체 얼마나 있기에 그럽니까?"

"뭐, 황금 이천 냥 정도······."

서생이 말끝을 흐리자 영호는 눈을 크게 떴다.

황금 이천 냥이라면 하북성 전체의 몇 년 예산이었다.

아니, 그보다 더 많을 수도 있었다.

자신이 위씨세가의 심부름으로 만금 전장에 맡긴 돈과 맞먹는 금액이었다.

순간 영호는 눈을 빛냈다.

무리해서 만금 전장에서 돈을 찾지 않아도 될 것 같았다.

무림인 앞에서 자신이 가지고 있는 돈을 말한다라?

상대는 세상 물정 모르는 서생이 분명했다.

호위를 핑계로 옆에 머물다가 돈을 빼앗으면 그만이었다.

"좋습니다. 의뢰 비용만 제대로 쳐주시면 호위를 해 드리겠습니다."

"제가 줄 수 있는 품삯은 바로 큰 거!"

서생은 손가락 하나를 들었다.

순간 영호의 눈이 커졌다.

"황금 한 냥을······."

"아니, 철전 한 닢입니다. 이건 제 돈이 아니라서 함부로 쓰지 못합니다."

서생은 자신의 품속을 가리켰다.

영호는 순간 마른침을 삼켰다.

서생이 진짜 그 많은 돈을 가지고 있을 거라는 확신이 들어서였다.

황금 한 냥이라고 했다면 아마 영호는 믿지 않았을 것이다.

본래 가진 자가 더 팍팍하다는 말이 있지 않은가?

저 서생은 집안에서 교육을 확실히 받고 자란 것이 분명했다.

영호가 표정을 수습하지 못하고 있을 때, 서생이 물었다.

"싫은가요? 합쳐서 철전 한 냥은 아니고 하루에 철전 한 냥입니다."

"흠, 좋습니다. 제가 호위해 드리죠."

영호가 서생을 향해 작게 포권했다.

그 모습에 서생이 활짝 웃었다.

"하하, 다행입니다. 잘 부탁드립니다, 무사님."

"네, 그런데 조건이 하나 있습니다."

"무슨 조건입니까?"

"제가 모시는 분이 계십니다. 전서를 띄우고 가야 해서 근처에 잠시 들러야 할 것 같습니다."

"전서를 보내러 혹시 어디로 가시나요?"

"하오문이라고 들어 봤을는지 모르겠습니다."

"혹시 저도 구경 가도 될까요?"

서생이 어색하게 웃자 영호가 고개를 끄덕였다.

"그리 어려운 일은 아닙니다. 그러시지요. 대신에……."

"대신이라니요? 혹시 돈이 필요한가요?"

"그건 아닙니다. 그냥 조용히 계시면 됩니다."

영호는 검지에 입술을 갖다 댔다.

하오문이야 호북의 무림인이라면 제집 드나들듯 하는 곳이었다.

자신의 신분을 노출하는 것도 아니고 하오문에 같이 가는 것 정도야 상관없었다.

아니, 오히려 여기서 기다리겠다고 해도 데려가야 할 판이었다.

그래야 서생이 가지고 있는 돈을 빼앗을 수 있으니 말이다.

서생이 고개를 끄덕이자 영호는 조용히 앞서 나갔다.

그때였다.

뒤쪽에서 따라오던 서생이 물었다.

"무사님은 원래 어디까지 가십니까?"

"흠, 하남 양주현까지 가야 합……."

말을 하던 영호는 고개를 돌렸다.

생각해 보니 서생의 목적지를 물어보지 않은 것이다. 자칫하면 자신의 계획이 틀어질 수도 있는 상황이라 생각했다.

그때 서생이 밝게 웃으며 말을 이었다.

"저도 그곳까지 가는데 잘됐군요."

"다행입니다."

영호는 속으로 안도하며 다시 앞으로 나아갔다.

두 시진 후.

영호가 도착한 곳은 하오문의 호북 지부가 있는 곳이었다.

그들은 대나무로 된 공예품을 파는 상점 앞에 서 있었다.

붉은색 옷을 입은 상점의 점원은 슬쩍 서생을 보더니 표정
이 바뀌었다.

본능적으로 고개를 숙이려는 점원.

하지만 점원은 이내 표정을 지우고 영호에게 시선을 돌렸
다.

"어떻게 오셨는지요?"

"전서구 하나 띄울 수 있겠습니까?"

"물론이지요. 이쪽으로 오시지요."

점원은 점포의 안쪽으로 영호를 안내했다.

입구는 보통 점포였지만, 안쪽으로 가자 끝없는 통로가 나
타났다.

안내하는 점원이나 뒤를 따르는 영호는 아무렇지 않게 통
로를 지나갔다.

다만, 그 뒤를 따르는 서생만이 주위를 두리번거리며 걸어
갈 뿐이었다.

영호는 그런 서생을 확인하기 위해 계속 뒤를 돌아봐야 했다.

서생은 마치 다른 세상을 구경하는 것처럼 신기한 듯 하오문의 호북 지부를 살폈다.

그러면 그럴수록 영호는 그 서생이 부잣집의 보통 도련님이라는 확신이 들었다.

아까는 몰랐는데 지금 보니 얼굴에 귀티가 좔좔 흐르는 것이, 부잣집도 보통 부잣집이 아닌 것 같았다.

뒤쪽에서 따라오는 서생을 확인하느라 영호는 정신이 없었다.

그때 앞서가던 점원이 멈췄다.

사방이 꽉 막힌 막다른 통로.

통로의 끝은 붉은색 방으로 되어 있었다.

그 방에는 비둘기 몇 마리가 작게 소리를 내고 있었다.

구. 구. 구.

비둘기를 가둬 놓은 새장의 옆에는 작은 종이들이 쌓여 있었고, 그 옆에는 가느다란 붓이 가지런히 놓여 있었다.

그때였다.

뒤쪽에서 서생의 가느다란 목소리가 귓전을 울렸다.

"무사님, 죄송하지만……."

기어들어 가는 소리에 영호는 고개를 돌렸다.

그곳에서는 서생이 안절부절못하며 식은땀을 흘리고 있

었다.

그 모습에 영호가 다급하게 물었다.

"왜 그러십니까?"

"뒷간을 가야 할 것 같아서요."

서생의 말에 영호는 이를 바득 갈았다.

순진하게만 보이는 서생은 묘하게 자신의 신경을 긁고 있었다.

영호는 표정을 수습하고 점원을 바라봤다.

점원은 재빨리 서생에게 다가가 말했다.

"이쪽으로 오시지요. 통로가 비좁아 이곳에서 해결하시면 큰일 납니다."

"네, 알겠습니다."

서생이 고개를 끄덕이자 붉은색 옷을 입은 점원은 조용히 앞장섰다.

모두가 사라지자 영호는 고개를 끄덕이며 붓 하나를 잡았다.

영호는 종이에 가주에게 보낼 내용을 써 내려갔다.

쓰윽. 쓰윽.

붓이 멈추자 영호는 옆쪽에 있는 대롱 하나를 잡았다.

그는 쪽지를 최대한 가늘게 접어 조그만 대롱 속에 넣고 뚜껑을 닫았다.

그러고는 새장 하나를 들어 그 속에 있는 비둘기 하나를 잡았다.

여기에 있는 비둘기는 하오문의 것이 아니었다.

어느 누군가가 맡겨 놓은 비둘기였다.

지금 영호가 들어 올린 새장 속에는 자신이 맡긴 비둘기가 들어 있었다.

이 때문에 하오문도 이 비둘기의 목적지에 대해서는 모른다.

거기에 이 비둘기가 운반하는 전서의 내용도 알 수 없었다.

완벽하게 비밀을 지키는 방법.

이런 안전한 방법 때문에 대부분의 무림세가와 문파 들은 하오문에 전서를 맡긴다.

이보다 의뢰하는 문파들의 비밀을 더 잘 지켜 낼 방법이 없다는 것을 모두가 알고 있었다.

이곳에 누가 온다 해도 저 비둘기만 보고 어떤 문파라고 구별할 수는 없지 않은가?

비둘기의 얼굴을 알아보는 사람이 있다면 가능할지도 모르겠지만, 그것은 무림의 어떤 고수가 와도 불가능한 일이었다.

가문이나 문파가 가지고 있는 전서구의 세세한 모습까지 기억할 수 있는 자는 없을 테니까.

그것은 하오문이 자랑하는 전서구 관리 업무였다.

하오문의 입장에서도 이런 방법이 편했다.

그들은 단지 비둘기만 관리해 주면 되었다.

영호는 나머지 비둘기를 바라봤다.

남은 비둘기는 열댓 마리.

자신이 봐도 그 비둘기가 어느 가문 혹은 어느 문파의 비둘기인지는 모른다.

자신이 저 비둘기의 주인에 대해서 모른다는 것은 하오문을 믿어야 하는 이유기도 했다.

영호는 자신이 맡긴 비둘기의 다리에 쪽지를 넣은 대롱을 묶었다.

그러고는 벽 쪽으로 갔다.

벽에서 천을 걷어 내자 찬바람이 휙 하고 들어온다.

이곳은 반대편의 숲과 연결된 통로였다.

통로를 지나면 숲이 나오고, 비둘기는 위씨세가를 향해 날아가게 된다.

숲의 앞쪽은 하오문이 잘 관리한 덕분에 비둘기에게 해를 가할 맹금류도 없다.

영호는 비둘기를 날린 후 천을 덮고 한숨을 내쉬었다.

"휴……."

이것은 안도의 한숨이었다.

그는 팔짱을 끼고 주변을 둘러봤다.

아무래도 뭔가 빠뜨린 것이 있는 것 같았다.

전서구도 무사히 보냈고…….

생각을 이어 가던 영호는 자신이 빠뜨린 것이 뭔지 알았다.

그것은 뒷간에 갔다가 아직도 오지 않은 서생이었다.

"대체 이놈은 왜 이렇게 안 오는지……."

❧

서생은 조그만 방에 앉아 쪽지 하나를 확인하고 있었다.

순백색의 방은 서생의 하얀 얼굴과 묘하게 어울렸다.

일렁이는 호롱불 때문인지 서생의 표정이 변하는 것만 같았다.

서생은 물론 한빈이었다.

한빈이 다시 주문현으로 간 것은 우연이었다.

한빈이 남긴 흔적 때문에 주문현이 발칵 뒤집힌 것도 우연이었다.

하지만 한빈과 영호가 만난 것은 우연이 아녔다.

그것은 전생에서 끌고 온 인연이 분명했다.

한빈은 영호가 위씨세가에서 일하고 있음을 알고 있었다.

전생에도 그랬으니까.

하지만 한빈과 귀검대의 목숨을 구한 것도 영호였다.

위씨세가의 함정을 가장 먼저 알려 준 것이 영호였고.

그 때문에 가장 먼저 목숨을 잃었던 그였다.

마지막에 죽을 때는 위씨세가에서 보낸 첩자가 아닌 귀검대의 일원으로 세상을 떠났다.

한빈은 지금 어떤 의도로 영호를 대하고 있을까?

물론 일단 위씨세가의 속셈을 알기 위해서였다.

한빈은 쪽지를 확인하고 슬쩍 입꼬리를 올렸다.

한빈은 미리 준비된 종이를 깔고 가느다란 붓을 들었다.

스스슥.

눈 깜짝할 사이에 원래 있던 필체와 똑같은 글자가 종이 위에 가득 찼다.

두 개의 쪽지를 번갈아 확인한 한빈은 흡족한 미소를 지었다.

자신이 봐도 완벽한 필체였다.

한빈은 새로 쓴 쪽지를 대롱에 넣은 후 누군가에게 건넸다.

대롱을 받은 이는 여인이었다.

마치 백미랑과 쌍둥이라고 할 만큼 비슷하게 생긴 여인이었다.

그녀의 이름은 흑미랑.

실제로 백미랑의 쌍둥이가 맞았다.

물론 백미랑과는 다르게 흑색의 의복을 입고 있다.

그 의복이 아니라면 도저히 구별할 수 없는 외모였다.

"하오문의 주인께 인사드립니다. 주인의 뜻을 받들겠나이다."

"그냥 팽 공자라고 불러 주세요."

"아, 그랬죠."

흑미랑은 어색하게 웃었다.

한빈도 마주 웃었다.

하는 짓까지도 백미랑을 빼다 박았다.

흑미랑은 비둘기의 다리에 대롱을 다시 매단 후 흰색 방의 옆에 있던 천을 열었다.

천을 열자 그물이 보인다.

흰색 방은 동굴의 끝과 연결되어 있는 방이었다.

동굴의 끝에는 전서구를 잡을 수 있는 그물이 설치되어 있던 것.

이것은 하오문의 영업 비밀이었다.

문파와 무림세가의 비밀이 철저히 보장되는 듯하지만, 하오문은 통로의 끝에서 이렇게 전서구를 잡아 정보를 수집하고 있었던 것이었다.

그들이 챙긴 정보는 하오문의 힘이 된다.

이것은 하오문의 지역 문주들만 아는 비밀이었다.

물론 한빈은 일찍이 알고 있었다.

전생에는 한빈도 쓰던 방법이었으니 그리 놀라울 것은 없었다.

지금 같은 경우는 도리어 흑미랑이 놀란 상황.

"팽 공자님은 어떻게 알고 계셨어요?"

"제가 눈치가 빠른 편이죠."

"헉, 눈치 가지고 하오문의 비밀을 알아채셨다고요?"

"눈도 좋은 편입니다. 언젠가 이곳을 지나가다가 동굴 입구를 본 적 있는데 그물이 보이더군요. 그물을 조금 더 안쪽을 옮기는 게 좋을 것 같습니다."

"네, 그렇게 하도록 할게요. 그나저나 아까는 말도 없이 떠나셔서 서운했어요. 저희가 구해 드린 물건은 마음에 드시는지요?"

"네, 마음에 듭니다."

말을 마친 한빈은 자신의 소매를 걷었다.

투명한 천이 한빈의 팔을 감싸고 있었다.

어찌나 투명한지 그저 맨살로 보이기도 했다.

그것은 만년 묵은 누에가 뽑은 실로 만들었다는 만년잠사로 만든 상의(上衣)였다.

웬만한 병장기로는 뚫을 수 없다는 무림의 보물이었다.

서열로 따진다면 무림의 기물 중 오십 번째 안에는 들어가는 물건.

이 물건을 얻기 위해 들인 돈이 무려 황금 천 냥이었다.

솔직히 하오문이 아니었다면 이 물건을 구하기 힘들었을 것이다.

사실 회복력이 뛰어난 한빈에게는 어찌 보면 필요 없는 물건.

그렇다면 한빈은 왜 이 물건에 막대한 금액을 지불해 가며 샀을까?

바로 이 만년잠의가 한혈마 효과의 부작용을 없애 주기 때문이었다.

만년잠의는 안팎의 모든 공격도 막아 주는 효과가 있었다.

그리고 밖의 공격도 막아 주지만, 안쪽에서 나오는 땀마저 막아 버린다.

덕분에 만년잠의를 실제로 착용하는 무인은 없었다.

하지만 한빈은 달랐다.

용린검법의 효용 덕분에 완벽하게 밀착된 만년잠의의 압박을 견딜 수 있었다.

덕분에 한혈마 효과의 부작용을 무용지물로 만들 수 있었다.

즉 더 이상 피를 흘리지 않고 구룡십팔보를 펼칠 수 있다는 의미이다.

이제 언제든지 쉬지 않고 하북까지 달려갈 수 있는 상황.

여기까지 생각한 한빈이 미간을 좁혔다.

얼마 전 한혈마 효과 때문에 뒹군 것이 억울해서였다.

만금 전장 호북 지부에 있던 위씨세가의 비자금을 찾은 것과 만년잠의를 구한 것은 운이 좋다고 할 수 있지만, 지금은 만년잠의가 필요 없어졌다.

이유는 간단했다.

하북으로 급히 갈 이유가 사라졌기 때문이다.

한빈은 영호가 보낸 쪽지를 보고 위씨세가의 가주인 위상호의 계략을 알아챘다.

위상호는 양쪽의 싸움이 금방 결판나는 것을 원하지 않았다.

거기에 위상호가 원하는 것은 하북팽가만이 아니었다.

이 때문에 한빈은 생각이 깊어졌다.

앞으로의 일들을 상상하며 계획을 세우는 한빈의 표정은 시시각각 변했다.

한빈을 바라보고 있는 흑미랑의 표정도 변화무쌍하게 바뀌었다.

한빈의 행보에 따라 하오문의 운명이 바뀐다고 생각하니, 그 표정 하나하나가 신경 쓰일 수밖에 없었다.

"팽 공자님, 왜 그러세요?"

"판이 바뀌었습니다."

"판이 바뀌다니요?"

흑미랑의 표정이 호기심으로 물들었다.

한빈은 작게 웃으며 말을 이었다.

"바둑판인 줄 알았더니 장기판이네요. 이제 거기에 맞춰서 말을 배치해야 할 것 같습니다."

"아."

흑미랑이 입을 벌렸지만, 한빈은 눈길도 주지 않고 재빨리 붓을 들었다.

그러고는 여러 장의 쪽지를 쓰기 시작했다.

쓰스슥.

쓰윽.

일필휘지로 내용을 적는 한빈의 모습에 흑미랑은 더 크게 입을 벌렸다.

검을 저리 빨리 쓴다고 하면 믿을 수 있었다.

하지만 붓을 저리 빨리 놀리는 사람은 본 적이 없었다.

하오문의 상징적인 주인으로 인정받은 하북팽가의 사 공자는 하늘이 내린 기재가 맞았다.

아니, 하북팽가의 사 공자가 맞는지도 의심스러웠다.

무림에는 기인이사가 많다지만, 하북팽가의 사 공자처럼 갑자기 사람이 바뀐 경우는 없었다.

뭐, 십 년 정도 산속 깊은 곳에서 수련하다가 나왔다면 이해할 수 있었다.

하지만 하북팽가의 사 공자는 어느 날 갑자기 다른 사람으로 바뀌었다.

이것이 가능한가?

흑미랑은 하북팽가의 사 공자의 몸속에 달마나 장삼봉 같은 절대고수의 혼이 들어간 건 아닌가 하고 생각하다가 이내 고개를 저었다.

언니인 백미랑의 말에 의하면 하북팽가의 사 공자는 현실
적이어도 너무 현실적이었다.

어쩔 때는 민초들을 위하는 것 같으면서도.

자세히 들여다보면 자신의 이익은 철저히 챙긴다는 것이
백미랑이 보내온 정보였다.

흑미랑이 정신을 차렸을 때는 한빈의 앞에 쪽지가 수북하
게 쌓여 있었다.

그때 한빈이 작게 웃으며 흑미랑을 바라봤다.

"이것 좀 부탁드립니다."

"그게 대체 뭔가요?"

"말을 움직여야 하는데 말이 너무 멀어서요."

"그럼 이게 다 전서구로 보낼……."

"네, 맞습니다. 쪽지 위에 목적지는 적어 놨습니다."

"이걸 우리가 봐도……."

"됩니다. 한 식구잖아요."

한빈이 씩 웃었다.

순간 흑미랑은 숨을 멈췄다.

가슴이 요동쳤기 때문이었다.

한빈의 웃음 때문이 아니었다. 한빈이 하오문을 식구로 인
정했기 때문이었다.

하오문을 양지로 끌어올릴 전설의 인물이 하북팽가의 사

공자라 생각하는 흑미랑이었다.

그런데 한빈이 그를 식구로 인정하자, 그동안 설움을 받던 하오문의 과거가 떠올랐던 것이다.

숨기려고 해도 숨길 수 없는 흑미랑의 감정.

반면 한빈은 고개를 갸웃했다.

그녀가 이해가 안 되어서였다.

등을 맡길 수 있다면 식구가 맞았다. 그리 감격할 정도는 아니었다.

그것도 잠시, 한빈은 자리에서 일어났다.

"뒷간을 간 것치고는 너무 시간이 오래 걸린 것 같군요."

"잠시만요, 팽 공자님."

"네?"

"만년잠의 말이에요."

"혹시 문제라도 있습니까? 돈이 부족한 겁니까?"

한빈이 품을 뒤지자 흑미랑의 손을 휘휘 저었다.

"아니에요. 그 반대예요. 황금 사백 냥 정도가 남아서요."

"아, 그건 그냥 가지고 계세요. 하오문도 돈 들어갈 때가 많지 않습니까?"

"가, 감사해요. 팽 공자님."

흑미랑은 몇 번이고 고개를 숙였다.

만년잠의가 돈 주고도 살 수 없는 물건이 맞긴 했다.

하지만 찾는 이가 없어서 어느 상단에 묻혀 있었기에, 생각보다 저렴한 가격에 구할 수 있었다.

다른 이 같으면 이익으로 남기겠지만, 한빈은 하오문의 미래와도 같은 존재였다.

그래서 솔직히 말한 것인데 돌아온 대답이 가지고 있으라니!

황금 사백 냥이 남의 집 애 이름도 아니고, 배포가 전혀 다른 사람이었다.

한빈은 고개를 갸웃한 채 재빨리 몸을 돌렸다.

지금 가지고 있는 황금 이천 냥도 최대한 빨리 녹이는 것이 좋았다.

원래 꼬리가 길면 밟히는 법.

하오문에 만년잠의를 사고 남은 돈을 맡긴 것은, 하오문의 은밀한 일 처리를 믿었기 때문이다.

그때였다.

흑미랑의 조심스러운 목소리가 귓가에 울렸다.

"공자님."

"네, 말씀하시죠."

"아까 바꿔치기한 쪽지에는 무슨 내용이 써 있었나 물어봐도 될까요?"

"비밀입니다."

한빈이 씩 웃었다.

영호는 얼굴이 벌게진 채 콧김을 뿜고 있었다.

하오문이 생사람을 잡는 곳은 아니지만, 혹시 실수라도 했다면?

하오문은 만만한 곳이 아니었다.

서생 놈이 분명히 어떤 실수를 해서 하오문의 문도들에게 취조를 받고 있는 것이 분명했다.

그렇다면 그 화살이 자신에게도 날아올 터였다.

영호는 움찔하며 통로를 바라봤다.

낌새가 이상하면 언제든 뛰어야 했다.

하오문도 몇 명이야 자신의 손으로 찜 쪄 먹을 수 있지만, 좁은 통로로 다수가 밀려든다면 자신의 실력이 아무리 뛰어나도 상대가 될 수 없었다.

강호 속담에 다구리에는 장사 없다는 말이 있지 않은가?

그때 통로 쪽에서 기척이 울렸다.

터벅터벅.

그 기척에 영호는 자신의 검을 잡았다.

그러고는 언제나 발검할 수 있게 준비하는 동시에 발바닥에 진기를 모았다.

그때였다.

멀리서 익숙한 목소리가 들려왔다.

"제가 조금 늦었습니다, 무사님."

"헉."

영호가 바람 빠진 돼지 오줌보처럼 헛숨을 토해 냈다.

그 모습에도 한빈은 아무렇지 않게 영호의 앞으로 다가갔다.

그의 앞에 선 한빈은 어색하게 웃으며 말을 이었다.

"이제 움직이셔야죠."

"어딜 말입니까?"

"이제 볼일을 봤으니 빨리 나가야죠. 너무 어두워서 그런지 답답하네요."

한빈은 손으로 부채질을 하는 시늉을 했다.

그 모습에 영호는 기가 찼다.

지금까지 기다린 것이 누구 때문인데, 까마득하게 잊은 채 재촉하는 것이 못마땅했기 때문이었다.

영호가 답하지 않자 한빈이 재촉하듯 말했다.

"출발 안 하시나요?"

"그럽시다, 공자. 휴……."

긴 한숨이 아직 끊어지지 않았을 때 한빈이 물었다.

"제가 많이 늦었죠?"

한빈이 미안한 표정을 지어 보이자 영호의 표정이 살짝 풀렸다.

"나는 공자가 사고라도 친 게 아닌가 했습니다. 늦게라도

와서 다행이오. 조금만 더 늦었다면 못 기다렸을 겁니다."

반은 진심이었다.

상대가 일을 저질러서 하오문에 잡힌 것이라면 서생이 가지고 있던 돈은 영영 날아가는 것이었다.

그때 한빈이 살짝 고개를 숙였다.

"죄송합니다. 그런데 출발 안 하시나요?"

"하오문의 통로는 미궁과 같아서 그냥 돌아다니면 안 됩니다, 공자."

"그럼요?"

"아까 우릴 안내했던 점원이 올 겁니다."

"그렇군요."

한빈이 고개를 끄덕일 때, 어느샌가 하오문의 점원이 와서 그들을 안내했다.

잠시 뒤.

한빈과 영호는 가게 앞으로 나왔다.

들어갈 때와는 다르게 어느덧 해가 꼬리만 남기고 사라지려 하고 있었다.

그때였다.

새들이 퍼드득거리며 한빈과 영호의 머리 위를 지나갔다.

영호가 고개를 갸웃했다.

"날이 저물었는데 웬 새들이······."

"모두 제 갈 길을 가는 것이겠지요. 우리도 잘 곳을 찾아야겠습니다. 혹시 아는 객잔 있으신가요? 무사님."

한빈은 주위를 두리번거렸다.

"아까는 급한 것 같더니……."

"상황이 바뀌었습니다."

한빈이 씩 웃었다. 이것은 진심이었다.

영호가 쓴 쪽지 덕분에 상황이 바뀌었다.

상대의 수를 알았으니 그에 맞춰서 대비하는 것이 맞았다.

지금 머리 위를 지나간 수많은 새는 한빈의 계획을 전할 것이었다.

한빈은 하북으로 떠나기 전에 할 일이 있었다.

반면, 영호는 아쉬운 듯 한빈을 바라봤다.

영호는 마을에서 멀리 떨어진 숲속에서 노숙을 할 작정이었다.

그리고 거기서 서생의 혈도를 제압한 뒤 돈을 훔쳐 달아날 예정이었다.

처음에는 며칠 정도 기다리려고 했지만, 서생이 하는 꼬락서니를 보니 한 시진도 참을 수 없었다.

그런데 갑자기 하룻밤을 묵고 가다니!

영호는 돌아 버릴 지경이었다.

그때였다.

입구에서 기척이 들려왔다.

저벅저벅.

고개를 돌려 보니 면사로 얼굴을 가린 남색 경장 차림의 여인이 영호 쪽으로 걸어왔다.

영호가 보기에 무공의 수위는 자신보다 아래였다.

하지만 묘하게 걸음걸이가 가벼워 보였다.

처음에는 발만 보던 영호는 여인의 전체적인 모습을 관찰하기 시작했다.

그것은 무인의 본능이었다.

순간, 영호는 자신도 모르게 마른침을 삼켰다.

나풀거리는 경장 차림이긴 해도 이상하게 몸매가 드러났다.

아마도 살살 불어오는 바람 때문일 수도 있었다.

그런데 그 몸매가 과히 환상적이었다.

영호가 잠시 넋을 잃고 있을 때, 그녀가 다가와 앞에 섰다.

영호는 왜 그녀가 자신의 앞에 섰는지 알 수 없었다.

영호가 고개를 갸웃할 때였다.

그녀가 작게 웃었다.

"안녕하세요."

그녀의 모습에 영호의 고개는 더욱 기울어졌다.

그녀가 인사한 상대는 자신이 아니라 서생이었다.

서생이 가볍게 인사한다.

"안녕하세요. 그런데 여긴 웬일로……."

탐탁지 않은 얼굴의 서생.

그런데 여인은 상큼한 웃음을 깔고 말을 이었다.

"호호. 아까 저랑 약속하셨잖아요. 하오문에서도 호위하기로요."

"아, 그거 말이군요."

서생이 말을 하자 영호가 재빨리 나섰다.

"호위라고요?"

"네. 그 많은 돈을 가지고 계신데, 무사님 한 분으로는 부족하죠. 그래서 하오문에서도 호위를 도와드리기로 했어요. 저는 미랑이라고 해요."

흑미랑이 영호를 보며 웃었다.

영호는 표정을 수습 못 하고 어찌할 바를 몰랐다.

미인과 이렇게 마주 보고 있다는 것이 불편했고.

자신의 일에 하오문이 끼어드는 것이 불편했다.

하지만 여기서 발을 빼면 의심을 받을 수밖에 없었다.

영호는 재빨리 고개를 끄덕였다.

"백지장도 맞들면 힘이 되는 법이지요. 저는 좋습니다. 그런데 저를 도울 호위는 어디 있습니까?"

"전데요."

흑미랑이 검지로 자신을 가리키며 말하자, 영호가 눈매를 좁혔다.

영호는 하오문에 이런 여인이 있다는 것을 처음 들어 봤다.

거기에 이렇게 가냘픈 여인이 호위에 무슨 도움이 되겠는가?

그것도 잠시, 영호는 슬쩍 입꼬리를 올렸다.

서생을 제압하는 일에 흑미랑이라 소개한 여인 하나가 끼어든다고 달라질 것은 없었다.

미녀의 혈도를 제압하고 숲속에 버려두는 게 미안하기는 했지만, 자신이 양지로 나오기 위한 희생양이라 생각하기로 했다.

그때 여인이 서생을 보며 말했다.

"공자님은 어떻게 불러 드려야 하죠? 아까 이름도 못 물어봤네요."

"한빈이라고 합니다."

서생이 말하자 영호도 자신도 모르게 입을 벌렸다.

한씨 성을 가진 서생이라······.

아무리 생각해도 들어 본 적이 없었다.

거기에 자신의 실수도 기억이 났다. 호위까지 하기로 하고 상대의 이름도 물어보지 않은 것은 자신의 실책이었다.

영호는 어색하게 웃으며 말했다.

"한빈 공자셨군요. 저는 영호라고 합니다."

"영호 무사님, 반갑습니다."

한빈이 해맑게 웃었다.

그들은 마을 어귀에 있는 객잔으로 들어갔다.

객잔으로 들어가자 점소이가 나왔다.

점소이는 셋을 번갈아 보다가 미안한 표정으로 말했다.

"손님들, 죄송합니다요."

"대체 무슨 일인가?"

영호가 눈매를 좁히며 나서자 점소이가 뒷머리를 긁적인다.

"방이 지금 하나밖에 없습니다."

"하나라고 한다면……."

영호는 한빈과 흑미랑을 번갈아 봤다.

한빈은 입 모양으로 말하고 있었다.

'무사님이 잘 좀 해 보세요.'

분명 이렇게 말하고 있었다.

영호는 자신의 무위를 보여야 함을 깨달았다.

이곳은 평범한 객잔.

보통 무림인이 오면 없는 방도 만들어서라도 내오기 마련이었다.

영호는 살짝 기세를 피우기 시작했다.

"음, 그렇다면……."

영호의 말이 끝나기도 전에 점소이가 말을 이었다.

"인근 마을에 역병이 돌아서 상인들이 모두 이곳으로 건너 왔습죠. 덕분에 다른 객잔을 찾으신다고 해도 방이 없을 겁니다요."

"아……."

순간 영호의 기세가 바람 빠진 것처럼 확 줄었다.

역병이라고 하면 모든 일이 이해가 되었다.

이곳은 주문현의 반밖에 안 되는 작은 마을이었다.

주문현으로 가는 상인들이 갈 만한 곳은 이곳밖에 없다는 것도 사실이었다.

방이 한 개라도 남아 있다는 것이 어찌 보면 신기한 일이었다.

"휴, 그렇게 된 일이군."

영호는 한숨을 내쉬며 한빈과 흑미랑을 바라봤다.

한빈과 흑미랑이 실망한 눈빛을 보내고 있다.

마치 무림인이 그런 일 하나 못 하냐는 책망을 보내고 있는 것 같았다.

영호는 어색하게 웃었다.

"할 수 없군요. 셋이서 한 방에 묵어야겠습니다."

"뭐, 그렇다면……. 쩝."

한빈이 입맛을 다셨다.

영호는 어색한 웃음으로 답할 수밖에 없었다.

영호는 사실 지금 상황이 이해가 되지 않았다.

이상하게도 자신이 미안해지는 이 분위기는 대체 뭐란 말인가?

방은 생각보다 넓었다.

침상도 세 개.

탁자도 세 개였다.

영호는 침상에 누워 한 가지 계획을 짰다.

바로 오늘 둘의 혈도를 제압하고 한빈이라는 서생의 품에서 전표를 가지고 도망가는 것이었다.

문제는 누구의 혈도를 먼저 제압하느냐였다.

한빈이라는 서생의 혈도를 제압하는 것을 하오문도에게 들킨다면?

아니면 반대로 하오문 여자 무사의 혈도를 먼저 제압할까?

여기까지 생각하자 찝찝함이 등골을 간지럽혔다.

호위를 한다고 나선 걸 보면 무공을 익혔다는 것인데…….

아무리 봐도 삼류 수준이었다.

하오문에서 호위로 붙여 줄 정도면 적어도 일류에 준하는 무사여야 했다.

그렇다면…….

영호는 상상의 나래를 펴기 시작했다.

하오문에서 붙여 준 여인은 무사가 아닐 수도 있다는 생각이 들었다.

면사 때문에 얼굴은 못 봤지만, 유명한 기녀일 수도 있었다.

서생의 수발을 들 기녀를 붙여 주고 비용을 받는다?

그리고 진짜 무사에게는 미행을 시키고.

이렇게 생각하니 아귀가 딱딱 맞았다.

분명 근처에 호위 무사가 은신하고 있을 수도 있었다.

하지만 영호의 계획을 막을 수는 없었다.

아무리 뛰어난 호위라도 한숨도 안 자고는 버틸 수 없으니 말이다.

밤에 못 자면 낮에 따라오지 못하고, 낮에 따라오면 밤에 잘 수밖에 없었다.

화경의 고수라도 잠을 안 자고는 살 수 없는 법이니 말이다.

영호는 정신을 또렷이 유지하기 위해 이를 악물었다.

보통 잠이 가장 깊게 드는 시간은 눕고 나서 한 시진 후.

영호는 한 시진 후에 일을 벌일 생각이었다.

하지만 웬일인지 눈꺼풀에서 점점 힘이 풀렸다.

거기에 의식도 점점 희미해졌다.

'제기랄!'

그 생각을 마지막으로 영호의 의식은 끊겼다.

순간 한빈이 자리에서 일어났다.

그러고는 창문을 활짝 열어 났다.

차가운 밤공기가 창문을 통해서 들어와 실내를 차갑게 식
힌다.

한빈은 아무렇지 않게 팔짱을 끼고 밖을 바라봤다.

흑미랑도 일어나 있었다.

그때 밖에서 느껴지는 기척.

한빈은 고개를 돌려 말했다.

"들어오라 하십시오."

한빈의 명에 흑미랑이 문을 열었다.

그러자 아까 그들을 안내했던 점소이가 들어왔다.

그의 손에는 쪽지가 몇 개 들려 있었다.

점소이는 한빈의 옆에 있는 탁자에 그 쪽지를 올려놓았다.

그러고는 한빈에게 나지막한 목소리로 말했다.

"대인을 뵈옵니다."

"대인이라니, 당치 않습니다. 편하게 불러 주십시오. 그게
앞으로의 행보를 위해서도 좋습니다."

"아, 알겠습니다. 공자님."

점소이가 고개를 숙이자 한빈이 쪽지를 펼쳤다.

대부분이 개방에서 온 쪽지들이었다.

한빈이 전서구로 날린 부탁에 대한 답이었다.

점소이가 나가고 흑미랑이 조용히 다가왔다.

"어떻게 하실 거예요? 공자님."

"뭘 말인가요?"

"저자요. 언제까지 저렇게 재워 둘 수도 없고. 불편하잖아요. 그냥 목을 치시는 게 더 편하지 않겠어요?"

"일단은 그냥 두시죠. 이용 가치가 있는 자입니다."

한빈이 세상모르고 곯아떨어져 있는 영호를 바라보며 웃었다.

그 웃음에 흑미랑은 고개를 갸웃했다.

적에게 보이는 웃음이 아니었기 때문이었다.

⚓

같은 날 새벽.

위씨세가의 가주전.

위씨세가의 가주 위상호는 자신의 앞에 무릎을 꿇고 있는 네 명의 사내를 바라봤다.

가주전을 단번에 박살 낼 것 같은 기세.

끓어오르는 듯한 눈빛.

모든 것이 위상호의 현재 상태를 말해 주고 있었다.

위상호의 앞에 있는 자들은 위씨세가가 키운 가문의 검인 강남사호였다.

강남에서는 네 마리의 호랑이라 불리며 후기지수 중에는

대적할 자가 없다고 소문이 퍼진 이들.

그들은 음지와 양지를 오가면서 위상호의 근지러운 부분을 긁어 주는, 그의 왼팔이었다.

위상호의 손에는 쪽지 하나가 들려 있었다.

위상호는 그 쪽지를 보더니 몇 배 더 강한 기세를 피워 냈다.

"은혜를 모르는 놈 같으니!"

가주전이 쩌렁쩌렁 울릴 정도의 사자후가 울려 퍼졌다.

그는 쪽지를 꽉 쥐고 내공을 불어 넣었다.

그가 손을 폈을 때 그 쪽지는 재가 되어 있었다.

손을 말아 쥔 상태로 삼매진화의 수법을 펼쳤다.

누가 봤다고 하면 놀라 자빠질 정도의 수법.

하지만 강남사호는 그 수법에 감탄할 수가 없었다.

일호는 재빨리 자리에서 일어났다.

일호는 강남사호의 우두머리였다.

위씨 성을 쓰지만, 방계인 덕분에 성장에는 한계가 있었다.

하지만 강남사호라 불리며 그는 직계 못지않은 대우를 가문에서 받고 있었다.

그의 이름은 위일호.

나머지 세 명도 각각 이호, 삼호, 사호라 불리고 있다.

셋은 위씨 가문의 사람은 아니지만, 위씨 성을 받은 고수들이었다.

일호는 포권한 채 조심스럽게 가주 위상호를 바라봤다.

"가주님, 일단 진정하십시오."

"너희는 알고 있었느냐?"

"절대 몰랐습니다. 어떻게든 저희가 잡아 오겠습니다."

"잡아 오지 말아라."

"네? 그게 무슨 말씀입니까?"

"그냥 죽여라."

말을 마친 위상호가 맨손으로 허공을 그었다.

휙!

순간 멀리 벽에 걸려 있던 족자가 반으로 갈라진다.

일호는 순간 입을 딱 벌렸다.

말로만 듣던 무형지기였다.

일호는 숨을 멈췄다.

저 한 수가 자신의 목에 들어오게 된다면 막을 방법이 없었다.

일호는 몇 시진 전 날아온 전서구 몇 마리를 떠올렸다.

위상호가 열이 받은 것은 바로 그 전서구를 통해 전해 온 내용 때문이었다.

내용에 따르면, 일이 너무 묘하게 돌아가고 있었다.

강남사호가 양지와 음지를 오가며 일한다면, 음지에서만 일하는 강남사호의 선배가 하나 있었다.

그가 바로 영호였다.

그런데 영호가 전서구를 통해 자신은 이제 위씨세가와 연을 끊겠다고 선포한 것이다.

일호는 조용히 가주의 눈치를 살폈다.

영호의 배신만 가지고 저리 화를 낼 리가 없었기 때문이다.

그의 예상대로 위상호는 지금 혼란스러웠다. 자신이 의도하지 않은 일들이 하나둘 벌어지고 있었다.

가문의 비자금을 맡겨 놓은 만금 전장 호북 지부에 영호를 보내 놨더니, 전서구를 보내 놓고 행방을 감췄다.

거기에 더해 그곳은 관군이 감싸고 있었다.

중요한 것은 하북에 벌여 놓은 이간계에 문제가 생겼다는 것이다.

위상호는 천리 표국과 몇몇 무림세가가 하북팽가를 공격하도록 만들었다.

그것은 하북팽가의 현재 전력과 천리 표국을 비롯한 무림세가의 전력을 저울질해서 만든 이간계였다.

하지만 그의 의도와는 관계없이 사파까지 끼어들어 버렸다.

지금 하북은 서로 물고 물리는 난장판이 되어 있었다.

하북팽가를 치려고 하던 천리 표국은 사파인 청사파의 견제를 받고 있었다. 거기에 청사파를 노리는 것은 요즘 떠오르는 무씨검가였다.

물론 무씨검가를 노리는 또 다른 세력이 있었다.

이것이 그냥 소문인지 아니면 실제로 일어나는지는 모른다.

계속 떠도는 이야기 덕분에 모든 무림세가와 문파 들이 긴장하는 상태였다.

본래대로라면 지금쯤 싸움이 벌어졌어야 정상이었지만, 이런 상황 때문에 서로 섣불리 움직이지 못하는 상황이 되었다.

이처럼 위상호의 예상과는 달리 말도 안 되는 상황이 연달아 나타나고 있었다.

분명히 작은 조약돌을 하나 던졌는데 큰 파도가 일고 있다.

이것이 우연일까?

아무리 계산해도 우연일 수밖에 없었다.

지금의 상황은 오비이락(烏飛梨落)이라는 말과 딱 맞아떨어졌다.

우연이라고 해도 이건 그냥 넘어갈 문제가 아니었다.

애초 계획은 살짝 하북팽가라는 몸통을 흔들어 하북의 무림세가와 문파 들이 뱉어 낼 맛있는 열매를 그냥 주워 먹는 것이었다.

그런데 몸통을 흔들었는데 난데없이 들이닥친 태풍이라니!

이 때문에 지금은 그 열매가 아예 못 먹을 정도로 망가지게 되었다.

위상호는 눈을 크게 뜨며 강남사호를 향해 외쳤다.

"철혈검대를 대기시켜라!"

"명을 받들겠습니다."

강남사호의 수장인 일호가 포권하며 재빨리 가주전을 빠져나갔다.

그날 새벽.

한빈이 묵고 있는 객잔 주변은 정신없이 바빴다.

사람이 바쁜 것이 아니라 소식을 전하는 전서구들로 객잔 주변이 붐비고 있었다.

푸드덕.

푸드덕.

비둘기의 날갯짓 때문에 객잔에 묵고 있던 일반 손님들까지 눈을 비비며 일어났다.

덕분에 객잔의 아침은 일찍 시작했다.

모든 전서구를 확인하고 답을 보낸 한빈은 잠들어 있는 영호를 바라봤다.

"정신없이 자고 있네."

"어제 피웠던 향이 너무 독했나 봐요, 공자님."

그녀의 말에 한빈은 고개를 갸웃했다.

영호가 이렇게 곤히 자는 이유는 한빈이 그가 모르는 사이에 수혈을 눌러 놨기 때문이었다.

그런데 갑자기 향이라니?

한빈은 재빨리 물었다.

"향이라니, 그게 무슨 말입니까?"

"저기 저 향초요."

흑미랑은 방구석 탁자 위에 있는 작은 향로를 가리켰다.

그곳에는 거의 타들어 간 향의 잔재가 남아 있었다.

한빈은 코끝을 실룩였다.

순간 저 향로의 정체가 뭔지 알 것만 같았다.

저 향로에 담긴 향초는 북해빙궁의 특산물인 숙향초로 만든 것이 분명했다.

숙향초는 소량의 향기만으로도 안정을 가져다준다고 전해지는 물건이었다.

그 안정감 덕분에 숙향초의 향을 맡은 자는 숙면을 취하게 된다.

한빈은 지금 영호가 일어나지 않은 이유를 알 것만 같았다.

수혈을 눌러 놓은 데다 숙향초가 섞인 향을 맡았으니, 아마 두 시진은 더 자야 일어날 것이었다.

그런데 왜 숙향초를 피워 놨을까?

한빈은 흑미랑을 조용히 바라봤다.

아마 흑미랑은 자신을 시험해 본 것이 분명했다.

독은 아니지만, 향에 반응하는지를 살펴본 것 같았다.

백미랑에게 하오문의 주인 될 사람의 이야기를 전해 들었다지만, 한빈이 바로 그 인물이라는 건 확신하지 못했을 것이다.

생각해 보면 이유는 간단했다.

백미랑이 소식을 전했을 당시와 지금의 외모는 묘하게 달랐으니까.

한빈의 표정을 본 백미랑이 재빨리 무릎을 꿇었다.

"죄송해요. 하오문의 주인이 될 분은 만독불침에 가깝다고 들어서요."

"괜찮습니다. 저는 하오문의 이런 신중함이 좋습니다."

"이해해 주시는군요."

"이해라기보다는 당연한 절차라 봅니다."

"그런데 전혀 반응을 안 하시는군요."

"……."

한빈은 말없이 웃었다.

그러고는 영호가 누워 있는 침상으로 걸어가서 그의 수혈을 눌렀다.

한빈 일행은 오후가 되어서야 객잔을 떠났다.

아무 말 없이 앞장서서 걷는 한빈.

그리고 그 옆을 보좌하는 흑미랑.

묘하게도 한빈을 호위하겠다고 장담하던 영호가 가장 뒤쪽에 섰다.

한참을 가던 영호가 참지 못하고 물었다.

"저기, 흑미랑 무사님."

"왜 그러세요?"

흑미랑이 걸음을 멈추고 고개를 갸웃하자, 영호가 한 발 앞으로 나서며 물었다.

"왜 제가 뒤를 맡아야 합니까?"

"원래 강호에서 가장 조심해야 할 게 뭐죠?"

"가장 조심해야 할 게 어디 있습니까? 강호에 나오면 모든 것을 조심해야죠."

"그게 아니죠. 힘의 분배라는 게 있잖아요. 제가 생각하기에 가장 조심해야 할 것은 뒤통수예요."

"뒤통수라니, 그게 무슨 말씀입니까?"

영호는 자신도 모르게 목소리를 높였다.

뒤통수라 들으니 괜히 찔렸기 때문이었다.

자신이 서생과 여자 호위 무사에게 하려는 짓이 바로 뒤통수치기였다.

그때 흑미랑이 고개를 갸웃하며 물었다.

"왜 그렇게 목소리를 높이세요?"

"죄송합니다. 갑자기 이상한 말씀을 하셔서⋯⋯."

"제가 말한 것은 후미가 중요하다는 말이에요. 적들의 기습은 항상 뒤쪽에서부터 이뤄지기 마련이지요. 앞에서 나타나는 적은 뭐⋯⋯."

흑미랑은 말끝을 흐리며 어깨를 으쓱했다.

그 모습에 영호가 반사적으로 물었다.

"앞에서 나타나는 적은 뭔가요? 지금 하시려던 얘기 계속해 보십시오."

"자신이 있기에 앞에서 나타나는 거죠. 앞에서 나타나는 적을 만난다면 무조건 도망쳐야죠."

"흠."

영호는 눈을 가늘게 뜨고 흑미랑을 바라봤다.

면사 때문에 외모는 확인을 못 했지만, 분명히 비겁한 모습을 하고 있을 것이 분명했다.

영호는 하오문의 수준이 그러면 그렇지, 하며 한숨을 내쉬었다.

그때 흑미랑이 말을 이었다.

"그러니까, 뒤쪽 호위가 제일 중요해요."

"알겠습니다. 제가 뒤쪽은 확실하게 경계하겠습니다."

영호는 고개를 끄덕이며 한빈에게서 열 걸음 정도 떨어져서 걸어갔다.

그들은 그렇게 말없이 두 시진 정도를 걸어갔다.

영호는 그들의 뒤를 따라가며 고개를 갸웃했다.

아무리 생각해도 어제는 이상했다.

아무리 참으려고 해도 잠이 밀려 들어왔다.

전에 살수의 임무를 수행했을 때, 이틀 정도는 잠을 자지 않고 버틸 수 있었다.

그런데 어제는 반 시진도 못 참고 잠이 들었던 것이다.

순간 영호는 어제의 상황이 떠올랐다.

무위가 낮은 여자 호위와 서생 그리고 어딘가 숨어 있을지 모르는 진짜 호위.

영호는 남들이 눈치채지 못하게 슬쩍 기감을 끌어올려 봤다.

주변에 숨어 있는 호위를 찾기 위해서였다.

천천히 걸어가며 기감을 천천히 끌어올리려 할 때였다.

탁.

자신의 등에서 찰진 소리가 울려 퍼졌다.

이어서 느껴지는 통증.

영호의 끌어올렸던 감각이 뒤엉켰다.

갑자기 꼬이는 것만 같은 진기.

영호는 자신도 모르게 걸음을 멈추고 숨을 몰아쉬었다.

"헉. 헉."

"괜찮으십니까?"

"괘, 괜찮습니다."

"표정이 괜찮은 게 아닌 것 같은데요."

"……."

영호는 한빈을 멍하니 바라봤다.

한빈의 말대로 괜찮지 않은 것은 맞았다.

그런데 그 원인이 한빈이었으니, 이건 병 주고 안부 묻는 꼴이었다.

약이라도 주면 모를까.

저리 모른 척하는 모습에 다시 노기가 치밀어 올랐다.

그때였다.

한빈이 다시 영호의 등을 두드리기 시작했다.

탁. 탁.

순간 기혈이 들끓기 시작했다.

숨이 목까지 차오르며 얼굴이 벌게진 채 고개를 숙인 영호.

한빈은 두드리는 주먹에 더욱 힘을 주었다.

탁. 탁.

영호는 고개를 숙인 채 숨을 몰아쉬었다.

"헉. 헉."

"괜찮으십니까? 무사님."

"이게 다 너……."

영호는 말을 급히 멈췄다.

갑자기 속이 편안해지며 들끓던 기혈이 진정되었기 때문이다.

그때 한빈이 얼굴을 불쑥 내밀었다.

"지금 뭐라고 하셨습니까?"

"아, 아무것도 아닙니다."

영호가 손을 내저었다.

우연인지는 몰라도 서생이 두드린 덕분에 막혔던 기맥이 풀린 것이 분명했다.

그때 한빈이 다시 물었다.

"아까 만두와 소면을 너무 많이 드신 거 아닌가요? 아무래도 체한 것 같은데요."

"저는 괜찮습니다."

"에이, 아무래도 저쪽에서 쉬어 가는 게 좋을 것 같습니다. 무사님."

한빈은 숲속을 가리켰다.

그곳에는 제법 큰 공터가 있었다.

"저곳은 노숙에 적합하지 않습니다. 가운데는 저리 뚫려 있고 사방에는 커다란 나무들로 가득 차 있으니, 어디를 경계해야 할지 모르는 곳입니다."

"무사님이 계신데 무슨 상관입니까?"

"험, 그렇긴 하지만……."

영호는 영혼 없는 표정으로 고개를 끄덕였다.

생각해 보니 오늘 밤 분명히 기습이 있을 것이었다.

그 기습은 바로 영호가 계획하고 있는 기습이었다.

영호는 오늘 밤 서생의 주머니를 털 계획을 세웠다.

그때 한빈이 손가락으로 주변을 가리켰다.

"그럼 빨리 준비해 주시지요."

이삭 줍는 공자님 (1)

한빈의 말에 영호가 고개를 갸웃하며 다시 물었다.

"네?"

"노숙하면 당연히 호위 무사가 자리를 준비해 주는 게 이치에 맞지 않나요?"

한빈의 말에 영호는 다시 콧김을 내뿜었다.

그것도 잠시, 그는 표정을 수습하고 주변에 있는 나뭇가지를 모으기 시작했다.

그때였다.

어디선가 살기가 느껴졌다.

영호는 눈을 가늘게 뜨고 주위를 둘러봤다.

분명 서생을 노리고 온 자들이 분명했다.

살기가 느껴지는 곳을 향해 영호가 내달리려 할 때였다.

영호의 목 뒤가 따끔했다.

마치 벌레에 물린 것 같은 느낌이 드는 순간 눈이 감겨 왔다.

털썩.

영호는 그 자리에서 뻗었다.

마지막으로 눈이 감기면서 본 것은 여러 쌍의 가죽신이었다.

분명 무인들의 신발.

영호는 속으로 비명을 외쳤다.

'제기랄!'

이대로라면 서생과 여자 호위 무사뿐 아니라 자신의 목도 달아날 것이 훤했다.

하지만 영호의 기억은 거기까지였다.

영호의 의식이 끊기자 그의 주변으로 몰려드는 검은 그림자.

그들은 풀잎 밟는 소리를 내며 포위망을 좁혔다.

사사 삭.

영호를 둘러싼 검은 복면의 사내 중 하나가 말했다.

"너희 실력이 많이 늘었군. 어떻게 감쪽같이 잠재운 거지?"

"……."

"내가 나무라려고 하는 것이 아니라, 너희에게 공을 세울 기회를 주려고 하는 것이다. 저자의 목을 베어 가면 가주님께서 상을 내리시겠지. 저자를 잠재운 자가 멱을 따는 것이 공평하다고 나는 생각한다."

"……."

하지만 검은 복면의 사내 중 앞으로 나서는 이는 아무도 없었다.

"내 지시가 없이 행동한 것에 대해서는 일체 책임을 묻지 않을 테니 어서 나와 보아라."

"……."

침묵은 계속 이어졌다.

복면인의 우두머리는 고개를 갸웃했다.

그들의 목표는 영호였다.

이번 일은 은밀하게 처리해야 했다.

그래서 여자 무사와 서생에게 영호가 떨어질 때를 기다렸다.

그가 일행한테서 멀어지자, 복면인의 우두머리는 명령을 내렸다.

그가 내린 명령은 단순한 포위.

그런데 누군가가 포위를 넘어서 아예 제압까지 해 버린 것이다.

명령에는 벗어났지만, 일을 수월하게 만든 수하에게 상을 내리고 싶었다.

그런데 아무도 나서지 않는다니!

복면인의 우두머리는 자신이 너무 엄하게 수하를 대했다고 생각했다.

"일단 앞으로 나오거라. 나온다면 내가 직접 상을 내리지."

그때 수하들의 사이에서 작은 목소리가 들려왔다.

"무슨 상이요?"

"이번 임무가 끝나면 마을에서 내 친히 마음에 드는……."

우두머리는 말을 잇지 못했다.

검은색 복면인들 사이에 쪼그려 앉아 있는 흰색 의복을 입은 서생.

분명히 영호와 같이 다니던 서생이었다.

우두머리는 한숨을 내쉬었다.

"조용히 처리하려고 기다렸는데, 제 발로 이렇게 찾아오다니……. 네놈의 운을 탓하거라."

"일단 내 운을 탓하는 건 제 마음이고요. 상으로 뭘 줄 거냐고 물어봤잖아요."

"평범한 서생인 줄 알았더니 맛이 간 놈이구나."

우두머리는 혀를 찼다.

그때 우두머리의 수하 중 하나가 조용히 귓속말로 속삭였다.

"조장님, 얼마 전에 향시가 끝나지 않았습니까?"

"그게 저놈과 무슨 상관이냐?"

"생각해 보십시오. 향시에서 떨어지고 머리가 휙 간 서생이 한둘이 아닙니다. 그러니 그냥 목숨을 거두는 선에서 끝내시지요."

"흠, 시험에서 떨어져서 상태가 저 모양이라……."

우두머리는 서생 복장의 한빈을 보며 고개를 끄덕였다.

그때였다.

한빈이 아무렇지 않게 영호의 곁으로 다가갔다.

그러고는 그의 목에 손을 갖다 댔다.

한빈이 은침을 뽑아 들고는 소매에 닦았다.

그 모습에 복면인들이 눈을 크게 떴다.

우두머리는 잽싸게 뒤로 물러나며 외쳤다.

"즉시 합격진을 펼쳐라!"

그의 외침에 복면인들이 재빨리 각각의 방위를 점했다.

한빈은 은침을 품에 넣으며 물었다.

"대체 누가 보내서 온 놈들이지?"

"……."

"혹시 위씨세가?"

"……."

"머리가 나빠도 한참 나쁘네. 황금 삼천 냥을 훔쳐서 가문을 배신한 사람이, 변변한 호위 하나 없이 다닐 줄 알았나?"

"그게 무슨 말이냐?"

"내가 이자의 호위라는 거지."

"그게 무슨 말이냐?"

"미안하지만 그 이상은 영업 비밀이야."

"대체 네놈의 정체는……."

"에이, 비밀이래도."

한빈은 손을 휘휘 내저으며 몸을 숙였다.

한빈의 손이 향한 곳은 다름 아닌 영호의 검이었다.

한빈은 영호의 검을 검집째 들고 휘휘 저으며 눈을 가늘게 떴다.

마치 먹잇감을 바라보는 맹수처럼 입맛까지 다시고 있었다.

한빈의 이런 행동에는 모두 이유가 있었다.

실력편의 속성을 이루고 있는 구결이 각각 열 개 정도가 부족했다.

환골탈태는 외모와 응용편의 구결만을 변화시킨 것이 아니었다.

한혈마 효과로 용혈을 한계까지 사용하자 실력편이 한 단계 올랐다.

[실력편 상급(上級)]

중급에서 상급으로 오른 덕분에 속성을 이루고 있는 구결의 한계가 늘어났다.

여기에서 문제가 생겼다.

한계가 늘어났지만, 중급 수준의 속성 숫자만 채워지고 더는 늘어나지 않았다.

[속(速) : 육십(六十), 한계 : 팔십]

[……]

실력편 중급의 한계까지는 정상적으로 회복되지만, 나머지 구결을 채우기 위해서는 수집을 해야 했다.

하지만 영호에게서도 흑미랑에게서도 구결을 나타내는 점은 보이지 않았다.

그런데 이들 복면인에게 일렁이는 점이 보인 것이다.

그러니 이것은 하늘이 내린 수련의 기회였다.

복면인들의 우두머리는 한빈의 그런 모습에 어이가 없었다.

검집에서 검도 뽑지 않고 휘두르는 모습이, 그저 강호 초출 같았다.

호랑이는 토끼를 잡을 때도 방심하지 않는 법이며.

오래된 거목일수록 가지는 아래로 휘어지는 법이었다.

상대는 분명 애송이였다.

복면의 겉으로 우두머리가 입을 씰룩이는 것이 보일 정도였다.

씰룩이는 입술이 멈춤과 동시에 그는 손짓했다.

공격을 수행하라는 신호였다.

동시에 복면인들이 질풍처럼 달려들었다.

그때였다.

한빈이 큰 목소리로 외쳤다.

"이놈들!"

순간 복면인들이 얼음처럼 굳었다.

우두머리는 미칠 것만 같았다.

상대는 분명 사술을 쓰는 자였다.

사자후 한 번으로 자신의 몸을 옥죈다는 것은 불가능한 일이었다.

그때였다.

눈앞에 검집이 통째로 날아드는 것이 보였다.

팍, 팍.

멀리서 한빈을 지켜보던 흑미랑은 눈을 크게 떴다.

한빈의 행동이 이해가 가지 않아서였다.

강호인 중에 저렇게 자비를 베푸는 자가 있던가?

자신의 목에 칼을 들이밀면 무림인은 백이면 백 그자의 목숨을 거둔다.

하지만 한빈은 달랐다.

상대의 목숨이 끊어질까 봐 조심스레 검집을 휘두르고 있다.

흑미랑은 자신도 모르게 외쳤다.

"어떻게 저리 고귀한 심성을……!"

하나 그 놀라움은 머지않아서 다른 감정으로 바뀌었다.

한빈의 매질이 자비가 아니라 악랄함이라는 것을 알게 된 것이다.

⚜

다음 날 아침, 영호는 지저귀는 산새 소리에 눈을 떴다.

짹짹.

눈을 뜬 영호는 조용히 하늘을 올려다보다가 비명을 질렀다.

"헉!"

그러고는 자신의 목을 다급하게 만져 보았다.

다행히도 목이 붙어 있었다.

주변을 둘러보니 두 걸음 정도 떨어진 곳에서는 모닥불이 재를 남긴 채 꺼져 있었다.

그 주변에는 서생과 여자 무사가 눈을 붙이고 있었다.

"대체 이게 어떻게 된……."

그때 한빈이 눈을 뜨고 일어났다.

한빈은 한걸음에 달려와 영호의 손을 잡았다.

"어이쿠, 대협."

"대협이라니, 그게 무슨 말입니까?"

"혹시 기억 안 나십니까?"

"무슨 기억 말입니까?"

"어제 산적들이 습격해 왔습니다."

"산적이라……."

영호는 눈을 가늘게 떴다. 어제 마지막 기억으로 봤던 가죽 신발을 떠올리니 대충 이해가 갔다.

가죽 신발을 사는 것은 보통 무림인이었다.

그것은 소리를 최대한 줄이기 위함이었다.

거기에 철질려 같은 암기도 어느 정도 보호할 수 있었다.

산적이라면 무림의 한 축이라 볼 수 있으니, 어제 본 자들이 산적일 수도 있었다.

문제는 어떻게 살아남았느냐는 점이었다.

그때 막 일어난 흑미랑이 다가와 말을 이었다.

"대협, 일어나셨네요. 제가 어제 일을 설명해 드릴게요. 그러니까……."

흑미랑의 말에 영호는 눈을 크게 떴다.

그녀의 설명은 간단했다.

영호가 휘청거리며 걸어오더니 일류 무사에 버금가던 산적들을 모두 해치웠다는 것이었다.

설명을 듣던 영호는 자신의 검집을 확인했다.

그는 검집에서 검을 뽑아 봤다.

검신은 말끔하니, 전투의 흔적이라고는 찾아볼 수 없었다.

영호는 검을 집어넣고는 의심 가득한 눈초리로 물었다.

"제 검신은 깨끗합니다. 그런데 제가 적들을 해치웠다는 말씀입니까?"

"대협은 검을 뽑지 않으셨어요."

"그게 무슨 말씀입니까?"

"검을 뽑지 않고 검집째 들어서 휘두르셨어요. 그것도 기묘한 솜씨로 말이죠. 그것은 현세의 검법이 아니었어요."

"헉."

영호는 입을 벌린 채 자신의 검집을 확인했다.

순간 영호의 눈이 한계까지 커졌다.

검집 여기저기에 혈흔이 보였다.

'정신을 잃은 자신이 대체 어떻게…….'

영호가 놀라고 있을 때, 한빈이 조심스럽게 말했다.

"제가 공부하다가 전에 본 내용인데, 몽검(夢劍)이라는 것이 있더군요. 그러니까……."

한빈의 말에 의하면 꿈을 꾸면서 검을 휘두르는 특이한 무공이라 했다.

영호는 처음 들어 보는 무공이었다.

하지만 아무리 생각해도 자신의 목이 붙어 있는 이유는 그것밖에 없는 것 같았다.

한빈은 영호를 바라보다가 조용히 서쪽으로 고개를 돌렸다.

한빈이 바라보는 방향에는 하남과 호북의 경계가 있었다.

수십 마리의 적토마가 먼지구름을 일으키며 빠르게 서안의 작은 마을을 향해 달려가고 있었다.

따가닥.

따가닥.

그 선두에는 사내와 여인이 있었다.

그들은 적혈맹호대의 대주인 소대섭과 부대주인 심미호였다.

심미호는 슬쩍 자신이 탄 적토마를 바라봤다.

본래였으면 붉은 갈기를 휘날렸을 적토마는 지금은 황토색으로 변해 있었다.

그것은 그들이 얼마나 바삐 달려왔는지 말해 주고 있었다.

게다가 적토마의 속도도 처음보다는 확연히 느려졌다.

심미호는 눈을 가늘게 뜨고 마을의 앞을 바라봤다.

그녀가 예상한 대로 그곳에는 수십 마리의 적토마가 대기하고 있었다.

심미호는 재빨리 소대섭을 바라봤다.

"대주, 저기가 주군과 약속한 장소인가 봐요."

"저기가 맞군."

"그런데 저기 있는 사람들은 누구죠?"

"어디를 말하는 건가? 심 부대주."

소대섭이 주변을 두리번거리자 심미호가 말했다.

"저기 말이에요. 꼭 설화를 닮지 않았어요?"

"설마, 옷만 비슷한 거겠지……."

소대섭이 고삐를 늦추며 고개를 저었다.

하지만 심미호는 눈을 더욱 가늘게 떴다.

저 멀리 적토마 사이에서 어슬렁거리는 아이는 설화와 꼭 빼닮았다.

그것도 잠시, 심미호는 고개를 저었다.

저 아이가 설화일 리가 없었다.

자신들은 적토마를 타고 쉬지 않고 달려왔다.

그런데 주군인 한빈과 함께 떠난 설화가 어떻게 저곳에 먼저 와 있을 수 있단 말인가?

그때였다.

설화를 닮은 아이가 고개를 돌리더니 심미호가 탄 말을 향해 달려왔다.

그런데 그 속도가 문제였다.

눈 깜짝할 사이에 가까워진 아이가 외친다.

"부대주 언니!"

"어?"

심미호가 눈을 크게 떴다.

앞에 있는 아이는 설화를 닮은 것이 아니라 진짜 설화였다.

"왜 그렇게 놀라는 거예요? 언니."

"여긴 무슨 일이니, 설화야? 그리고 어떻게 이렇게 빨리 온 거야?"

"헤헤, 어쩌다 보니 그렇게 됐어요."

"그렇게 됐다니, 그게 무슨……."

심미호는 말끝을 흐리며 주변을 살폈다.

묘한 표정으로 주변을 두리번거리는 심미호의 모습에 설화가 물었다.

"왜 그러세요? 언니."

"주군은 어디 계셔?"

"공자님은 급한 일이 있다고 먼저 출발하셨어요. 그런데 갑자기 전서구가 날아와서는 적혈맹호대와 합류하래요. 그리고 이건……."

설화는 품속을 뒤지더니 쪽지 하나를 주섬주섬 꺼냈다.

심미호는 그 쪽지를 받아 들고는 눈을 가늘게 떴다.

"뭐지?"

읽어 본 쪽지의 내용이 황당했기 때문이다.

그 내용은 간단했다. 지나가는 길에 시장에 나온 곡물을 장악하라는 것이었다.

장악이라?

어느 선까지 사들여야 장악이라는 말인가?

거기에 적혈맹호대는 지금 자금이 한 푼도 없었다.

주군인 한빈이 준 돈이 있긴 했지만, 그것은 여행 경비였다.

곡물을 사들일 돈으로는 한참 부족했다.

도저히 이해가 안 되는 상황.

그 모습에 설화가 그럴 줄 알았다는 듯 피식 웃었다.

"헤헤, 저도 처음에 봤을 때는 무슨 일인가 했어요."

"그러게 말이다. 그런데 무슨 돈으로……."

"돈이라면 청화와 제가 조금 있어요. 그 돈으로 먼저 해결하면 될 것 같아요. 그리고 서재오 대협도 돕기로 했어요."

"설화야, 네가 돈이 어디 있다고 그래?"

심미호는 의심의 눈초리로 설화를 바라봤다.

그도 그럴 것이, 설화는 적혈맹호대의 대원들에게 당과를 얻어먹는 처지였다.

주군인 한빈과의 계약은 철저한 무급.

심미호도 그런 설화가 안타까워서 보일 때마다 당과를 사주곤 했다.

그런데 곡물을 사들일 돈이라니?

도저히 이해가 되지 않는 상황이었다.

그때 설화가 다시 품 안을 뒤지기 시작했다.

그러고는 가죽 주머니 하나를 꺼냈다.

그 모습에 심미호는 고개를 내저었다.

누구 봐도 볼품없는 가죽 주머니였다.

저 가죽 주머니에 돈을 넣어 봤자 은으로 열 냥 정도 들어가면 그게 한계일 것이었다.

물론 많은 돈일 수는 있었다.

하지만 주군의 지시를 이행하기에는 턱없이 모자란 돈이었다.

주군은 왜 불가능한 지시를 내렸을까?

그것이 심미호가 가장 궁금해하는 점이었다.

그때 설화가 가죽 주머니를 열었다.

순간 가죽 주머니를 바라보던 심미호의 눈이 커졌다.

그 안에는 한눈에 봐도 보통 물건이 아니라 생각되는 구슬이 들어 있었다.

마치 햇볕을 빨아들일 것 같은 기운을 내뿜고 있는 그것은 바로 야명주였다.

"헉, 그 정도라면……."

"이건 작은 거예요. 다른 것도 하나 더……."

"왜 그러니?"

"공자님이 강호에서는 재산의 삼 할은 숨기는 거라고 하셨어요."

"그거 실력 아니니?"

"어쨌든 숨기라고 하셨는데……."

"그래, 이 정도면 충분할 것 같구나. 주군이 네게 비자금을 맡기고 가신 거구나."

"이건 제 건데요."

"그게 무슨 말이니? 주군이 준 게 아니리 네 물건이라고?"

"이거 주웠어요. 제가 주운 거라서 제 것이라고 공자님이 그러셨어요."

"헉."

심미호는 입을 딱 벌렸다.

그러고는 야명주와 설화를 번갈아 바라봤다.

야명주는 천산에서 나는 최상급 야명주가 분명했다.

그동안 불쌍해 보였던 설화의 주변에서 광채가 느껴지는 것은 왜일까?

그때였다.

한 줄기 바람이 불어왔다.

휘릭.

심미호는 반사적으로 고개를 돌렸다.

그곳에는 백미랑과 광개가 먼지를 뒤집어쓰고 있다.

심미호는 조심스럽게 물었다.

"두 분은 어디 갔다 오셨나요?"

"돈하고 영약 좀 찾으러 갔다 왔습니다."

광개가 어깨에 멘 자루를 가리키자, 심미호가 고개를 갸웃했다.

광개가 어깨에 메고 있는 자루는 두 개였다.

"그게 뭔가요? 광개 대협."

"이건 바로⋯⋯."

광개가 당당하게 두 개의 자루를 바닥에 놓았다.

쿵.

둔탁한 소리와 함께 지면이 흔들릴 정도의 충격이 전해졌다.

하지만 하나는 아예 소리가 들리지 않았다.

무거운 자루 하나와 가벼운 자루 하나라?

호기심이 동한 심미호가 고개를 숙였다.

그 모습에 광개가 물었다.

"뭐부터 보겠습니까?"

"저는 무거운 자루부터요."

"여기 보시죠."

광개가 자루를 열자 심미호가 고개를 자루의 입구에 가까이 댔다.

순간 심미호가 탄성을 흘렸다.

"헉, 이게 대체⋯⋯."

그 모습에 옆에 있던 소대섭이 눈을 크게 떴다.

"뭔데 그렇게 놀라? 심 부대주."

"직접 보세요."

소대섭은 고개를 숙여 자루 안을 들여다봤다.

그곳에는 은괴가 잔뜩 들어 있었다.

놀라는 둘을 본 광개가 어색하게 웃었다.

"금괴가 없어서 은괴로 바꾸다 보니 양이 조금 많아졌습니다."

"대체 이건 어디에서 난 돈입니까?"

소대섭이 묻자, 광개는 턱짓으로 백미랑을 가리켰다.

아니 정확히는 백미랑의 등에 업힌 청화를 가리킨 것이었다.

소대섭은 더욱 이해가 되지 않았다.

그때 설화가 청화를 가리키며 말을 이었다.

"청화도 저하고 같이 야명주를 주웠거든요. 헤헤."

설화의 설명에 소대섭과 심미호가 소스라치게 놀랐다.

심미호는 호흡을 가다듬은 뒤 옆에 있는 자루로 눈길을 돌렸다.

"그런데 저 가벼운 자루는 뭐예요?"

"영약입니다. 이것도 한번 보시겠습니까?"

광개가 자루를 풀자 심미호는 반사적으로 자루에 고개를 들이밀었다.

순간 심미호는 비명을 질렀다.

"헉!"

얼마나 놀랐는지 심미호는 뒤로 몇 걸음 물러났다.

그 모습에 소대섭이 재빨리 물었다.

"대체 뭐가 들어 있기에 그러는 거지? 심 부대주."

"영약은 맞아요. 그런데……."

심미호가 말끝을 흐리자, 소대섭이 재빨리 자루를 확인했
다.

반응은 소대섭도 마찬가지였다.

아니, 소대섭은 얼어서 아예 움직이지도 못했다.

자루에 있는 것은 겨울에만 볼 수 있다는 백사였다.

그것도 한두 마리가 아니었다.

물컹물컹한 뱀의 특성상 가벼워 보였던 것뿐이었다.

광개는 자루를 닫고 소대섭에게 말했다.

"팽 공자가 적혈맹호대에 달여 주랍니다."

순간 소대섭은 자신도 모르게 주춤주춤 뒤로 물러났다.

심미호도 마찬가지로 뜨악한 표정을 지었다.

갑자기 천수장에서 노란 무말랭이만 먹던 시절이 기억나
는 것은 왜일까?

왠지 저게 주식이 될 것 같은 불길한 느낌에, 심미호는 어
깨를 가늘게 떨었다.

　　　　　　　　　　🐝

한편 한빈은 흐뭇한 눈빛으로 허공을 바라보고 있었다.

[실력편 상급(上級)]

[속(速) : 칠십(六十), 한계 : 팔십]

[······]

[안(眼) : 칠십(六十), 한계 : 팔십]

영호의 목숨을 노리고 몰려든 자객 덕분에 모든 실력편의 구결이 어느 정도 차올랐다.

한빈은 문득 의문 하나가 떠올랐다.

과연 구결을 한계까지 수집할 필요가 있을까 하는 점이었다.

고민도 잠시, 한빈은 고개를 저었다.

무림이라는 것은 항상 위험에 대비해야 했다.

다다익선은 강호에서도 진리였다.

한빈은 흐뭇한 표정으로 팔짱을 꼈다.

오늘 밤에는 어떤 먹잇감이 올지 기대되어서였다.

그때였다.

한빈은 다시 용린검법의 실력편을 보았다.

한계라?

지금 생각해 보니 한계까지 채우면 어떤 보상이 있을 것 같은 기대가 들었다.

그렇다면?

그것은 용린검법의 끝에 한 걸음 더 다가간다는 의미였다.

생각이 여기까지 미치자 한빈은 갑자기 걱정되었다.

'내가 너무 심하게 팼나?'

그들이 다시 안 오면 어떻게 할까 걱정까지 되는 한빈이었다.

한빈과 표정이 판박이인 이가 근처에 있었다.

그것은 다름 아닌 영호였다.

영호의 표정은 한빈보다 몇 배는 더 심각했다.

영호는 도무지 자신의 상태가 이해가 되지 않았다.

취권이나 취검은 들어 봤어도 몽검이란 무공은 처음 들어 봤다.

꿈에 취해서 검을 휘두른다면 그게 몽유병이지 무공이겠는가?

실제라면 더 소름이 돋았다.

강호의 양지에 얼굴을 드러냈는데 자신도 모르는 사이에 살인을 저지른다라?

"흠."

영호는 있는 대로 미간을 좁혔다.

그 모습에 한빈이 사람 좋은 얼굴로 물었다.

"무사님도 고민이 많으시군요."

"네, 고민이 많습니다. 몽검이라는 것이 진짜 있습니까?"

"네, 고서에서 읽어 본 적이 있습니다."

"그건 몽유병이나 똑같은 것이 아닙니까? 만약 애먼 사람에게 해라도 입힌다면……."

이것은 진심이었다.

누군가의 목숨을 빼앗는 것은 상관없었다.

하지만 그것이 무의식중에 일어난 일이라면 문제였다.

한마디로 무림 공적이 되는 것은 시간문제니 말이다.

"그건 아닙니다. 고서에는 분명히 무인의 의지에 따라 움직인다 들었습니다. 무사님은 정도를 걷고 계시니 그런 걱정은 하지 않으셔도 됩니다."

"⋯⋯."

영호는 터져 나오려는 비명을 겨우 참았다.

살수 출신에 위상호 밑에서도 음지의 일만 했던 그였다.

그는 정도와는 거리가 멀었다.

영호는 고개를 저었다.

이것은 기연이 아니라 저주였다.

영호는 서생이 가지고 있는 돈을 뺏고 빨리 임무를 완수하고 싶었다.

임무를 완수하고 돌아간다면 위상호가 지금의 상태를 치료해 줄 것이었다.

잠시 후.

날이 어두워지자 영호는 갑자기 두려움을 느꼈다.

영호는 두려움을 겨우 떨쳐 냈다.

오늘 밤에는 꼭 서생이 가진 돈을 탈취하리라 결심했다.

영호는 흑미랑을 바라봤다.

"오늘은 여기에 자리를 잡아야 할 것 같습니다."

"네, 그래야겠네요."

"저는 자리를 정리하고 근처에서 은신하고 있겠습니다."

"같이 안 계시고요?"

"공자의 근접 호위는 흑 무사님께 맡기고 저는 근처에서 자리를 잡겠습니다. 아무래도 어제의 일이 걸립니다."

"네, 그렇게 하시죠."

흑미랑이 고개를 끄덕이자 영호는 숨 쉴 틈도 없이 잠자리를 마련했다.

푹신한 풀을 깔고 그 위에 가죽을 덮었다.

그러고는 가운데에 모닥불을 피웠다.

누가 봐도 한빈의 호위 무사 같은 모습이었다.

물론 영호는 오늘 서생의 주머니를 털 작정으로 서두르고 있었다.

모닥불이 타오르자 한빈은 꼬치를 올려놨다.

순간 고기 냄새가 코끝을 간지럽혔다.

그때 그 광경을 바라보는 네 쌍의 눈이 있었다.

그들은 다름 아닌 강남사호였다.

그중 일호는 눈을 가늘게 뜨며 낮은 목소리로 말했다.

"저자가 영호의 호위인가?"

"네, 확실합니다. 어제 보낸 자객들의 말에 의하면 분명 서생 복장을 한 이에게 맞았다고 들었습니다."

답한 이는 강남사호 중 이호였다.

하지만 일호는 더욱 눈을 가늘게 떴다.

"저자가 호위라면 자객을 죽이지 않고 왜 살려 보냈을까?"

일호가 고개를 갸웃하자 이호가 답했다.

"자객의 말에 의하면 죽은 척했답니다. 진짜 죽을 때까지
팼답니다."

"죽을 때까지 팼다고?"

"얼굴과 상처를 보니 죽을 때까지 팬 것이 맞습니다. 진짜
안 죽은 것이 용하더군요."

"그럼 저자가 그런 고수라는 것이지?"

"네, 행동도 능청스럽지 않습니까? 영호도 대단합니다. 누
가 지켜볼까 하는 생각으로 자신이 호위인 척하고 있지 않습
니까? 일단 영호의 멱부터 따고 저 서생 복장의 무사를 처치
하시죠."

"음."

일호는 고민하는 듯 검지로 관자놀이를 툭툭 쳤다.

강남사호는 강남 정파에서도 이름이 꽤 알려졌다.

소위 말하는 강남의 대표 협객 중 하나가 바로 강남사호였
다.

그런데 누군가의 목을 벤다?

이 일이 알려진다면 협객의 명성에 금이 갈 것이었다.

일호는 여인과 서생 그리고 영호의 목숨을 모두 거두기로
했다.

그다음 일호의 고민은 간단했다.

이제부터는 가장 효율적인 살인의 방법을 찾는 것이 중요
했다.

일호는 이호를 바라봤다.

"네 생각대로 진행하자."

"알겠습니다, 조장."

일호가 고개로 신호하자 대화를 지켜보던 삼호와 사호가
민첩하게 움직였다.

일호는 미리 검을 빼 들었다.

그러고는 그 검을 천으로 감쌌다.

일호가 자신의 검을 천으로 감싼 이유는 간단했다.

그것은 살기를 드러내지 않기 위해서였다.

일호는 자신의 가죽 신발도 천으로 감쌌다.

양지에서 활동하고 있었지만, 일호는 완벽한 잠행을 할 수
있는 위씨세가의 몇 안 되는 무사였다.

영호와 서생 복장의 무사를 처치하는 것은 자신 하나면 족
했다.

나머지 강남사호는 만일에 대비해서 영호 일행의 탈출 경
로를 막기 위해 움직일 예정이다.

즉 이호와 삼호 그리고 사호는 어제 임무에서 실패했던 자

객들을 끌고 포위망을 구축할 것이다.

영호는 바람의 방향이 바뀔 때까지 기다렸다.

휘릭.

바람의 방향이 바뀌었다.

은은히 풍겨 오는 고기 굽는 냄새.

목표의 모닥불 주변에서 불어오는 냄새가 맞았다.

일호는 자신의 코끝을 슬쩍 건드리며 묘한 웃음을 지었다.

바람의 방향이 바뀌자 일호는 눈을 가늘게 뜨고 어딘가를
바라봤다.

첫 번째 목표인 영호의 위치가 확인되었기 때문이다.

일호는 목표가 은신한 장소를 향해 은밀하게 걸어갔다.

점점 강해지는 영호의 몸 냄새.

그는 숨을 멈추고 영호가 은신하고 있다고 생각되는 장소
를 바라봤다.

일호는 검을 감싼 천을 풀었다.

순간 그는 눈썹을 꿈틀했다.

은신한 영호의 뒷모습에서 자연의 기운을 느꼈기 때문이
다.

분명히 사람의 기운이 아닌 자연의 기운.

체향이 아니라면 다른 이라 오해할 수도 있는 상황.

영호는 검을 잡은 오른손에 힘을 주었다.

자신도 모르게 긴장한 것이다.

고민도 잠시, 그는 고개를 저었다.

검으로 정정당당하게 승부를 겨룬다 해도, 자신이 윗줄이라 생각했기 때문이다.

거기에 자연의 기운을 풍기는 것으로 봐서 운기조식 중인 것이 분명했다.

그렇다면 지금이 기회였다.

그는 재빨리 달려들어 검을 그었다.

휙!

달빛을 가를 것 같은 예기가 밤하늘을 갈랐다.

일호는 슬쩍 입꼬리를 올렸다.

손끝에 목표를 베었다는 감각이 전해져 왔기 때문이다.

"휴."

그는 낮게 한숨을 뱉었다.

처음에는 만만히 봤는데 지척에서 느낀 기운 때문에 자신도 모르게 긴장했었다.

허물어지는 상대의 신형.

그때였다.

스르륵.

순간 영호는 고개를 갸웃했다.

그냥 쓰러지는 것이 아니라 몸이 기괴하게 반으로 꺾인다.

뭐지?

일호는 본능적으로 한 걸음 물러났다.

타닥.

물러나서 보니 쓰러진 것은 사람의 몸이 아닌 나무토막이었다.

순간 일호는 소름이 돋았다.

이것은 함정이었다.

일호는 재빨리 검을 고쳐 잡고 주변을 두리번거렸다.

그때였다.

귓가에 낙엽 밟는 소리가 들려왔다.

사사삭.

뒤쪽에서 느껴지는 기척에 일호는 재빨리 고개를 돌렸다.

일호의 눈이 한계까지 커졌다. 그의 눈앞에는 뜻밖의 인물이 서 있었다.

분명 서생이었다.

자신이 보낸 자객들이 말했던, 서생 복장의 무인.

그가 일호의 앞에서 웃고 있었다.

입가에 미소를 그린 서생이 말했다.

물론 서생은 한빈이었다.

"자꾸 새끼를 치네."

"네놈이 명을 단축하는구나."

"혹시 관상 볼 줄 알아?"

"관상이라니, 그게 무슨 말이냐?"

"내가 관상을 좀 볼 줄 아는데, 보름 안에 귀인을 만나지 못하면 죽을 상이야."

"미친놈, 관을 봐야 눈물을 흘릴 놈이구나."

"그 관이 내 것이 아니라는 게 문제지."

"이제부터 관이 누구 것인지 확인해 보자꾸나."

"맘대로 하시게나. 셋을 세고 시작하도록 하지."

한빈이 검집을 어루만졌다.

그 모습에 일호가 입을 열었다.

"하나!"

한빈이 외쳤다.

"둘!"

말을 마친 한빈이 눈 깜짝할 사이에 일호의 품으로 파고들었다.

일호가 외쳤다.

"비겁한 놈! 셋을 세고 시작한다고 하지 않았나?"

"뒤통수를 치려고 하던 게 누군데?"

말을 마친 한빈이 검을 뽑으려 했다.

그 모습에 일호는 더욱 간격을 좁혔다.

그가 보기에 상대는 절정 정도의 무사가 분명했다.

절정에 오른 무사는 한 가지 약점이 있었다.

그것은 속도가 빠른 자가 장땡이라고 착각한다는 점이었다.

하지만 승부에서 가장 중요한 것은 간격이었다.

간격을 좁힌다면 검신이 기다란 검은 무용지물이 된다.

이것이 초절정인 일호가 상대를 바라보는 관점이었다.

그때였다.

스릉.

일호의 예상처럼 서생이 검을 뽑았다.

일호가 보기에 서생의 검으로는 초식을 펼칠 공간이 나오지 않는다.

일호는 씩 웃으며 자신의 팔에 장착한 단검을 꺼내 그었다.

챙.

일호가 눈매를 좁혔다.

상대가 자신의 검을 막았기 때문이다.

이렇게 좁은 간격에서 평범한 검으로 자신의 공격을 막는다는 것은 불가능했다.

순간, 목에서 서늘한 기운을 느꼈다.

그와 동시에 서생의 목소리가 들렸다.

"끝."

그 말과 동시에 서생이 일호의 견정혈을 찍었다.

순간 일호는 숨이 막혔다.

털썩.

그 자리에서 쓰러진 그는 그제야 서생의 검을 보았다.

서생은 반 토막 난 검을 들고 있었다.

그 반 토막 난 검이 좁은 간격을 무용지물로 만들었다.

하지만 더 황당한 것이 있었다.

그것은 서생의 무공이 위씨세가의 무공과 흡사하다는 점.

지금 혈도를 제압한 수법은 분명 위씨세가의 독문 무공인 소호비초였다.

풀숲에서 호랑이가 뛰쳐나오는 듯 날랜 손동작으로 상대를 제압하는 점혈법.

왜 저 서생이……

일호는 생각을 맺지 못했다.

서생이 일호의 입을 벌리더니 단약을 입에 쑤셔 넣었기 때문이다.

일호는 누운 상태로 멀뚱히 서생을 바라봤다.

서생은 다시 손을 뻗는다.

픽.

순간 막혔던 혈맥에 기운이 돌았다.

일호는 지금 무슨 일이 일어났는지 알 수 없었다.

일호는 자신이 상대할 수 없는 자라는 것을 직감적으로 깨달았다.

"왜 죽이지 않고 해혈을……."

"이젠 적이 아니니까?"

"그게 무슨 말이오?"

"지금 내 수하가 되겠다고 약속했잖아."

"내가 무슨 약속을 했단 말이오?"

"지금 심인멸혼단(心印滅魂丹)을 먹었잖아."

"심인멸혼……."

일호는 말을 맺지 못했다.

심인멸혼단이라면 해독제가 없다고 알려진 절정의 독이었다.

다만, 목숨을 앗아 가지는 않는다. 그저 상대에게 고통을 줄 뿐이라 알려진 독이다. 문제는 그 고통의 정도였다.

혼이 사라질 정도의 처절한 고통을 준다고 강호인들에게 알려져 있었다.

그때 한빈이 씩 웃으며 말했다.

"단전에서부터 세 뼘 위를 만져 봐."

한빈의 말에 일호는 슬쩍 그곳을 더듬어 봤다.

순간 일호는 비명을 질렀다.

"으억!"

하지만 비명은 목구멍에서 튀어나오다 말았다.

비명조차 지를 수 없을 정도의 처절한 고통.

그러자 한빈이 일호의 입 속에 다시 환약 하나를 털어 넣었다.

순간 일호가 눈에 생기를 찾았다.

일호가 정신을 차리자 한빈은 손으로 뒤쪽을 가리켰다.

그 모습에 일호가 물었다.

"왜 그러시는지요? 대협."

"동료들 있지? 일단 데리고 와."

"……."

일호는 영문을 모르겠다는 듯 멍하니 한빈을 바라봤다.

그 모습에 한빈이 자리에서 일어났다.

"알았어. 나는 그냥 가 볼게."

일말의 망설임도 없이 몸을 돌리는 한빈의 모습에 일호가 낮은 목소리로 외쳤다.

"동료를 배신할 수는 없소!"

"알았어. 나중에 보자고."

한빈이 손을 흔들자 일호가 놀라 일어났다.

그러고는 한빈의 소매를 잡았다.

"잠시만 기다리십시오, 대협."

일호는 지금 일이 완전히 틀어졌음을 알았다.

상대는 마교나 사파의 인물이 분명했다.

그것도 그들 중에서도 절대고수로 군림하는 이가 분명했다.

그때 한빈이 말을 이었다.

"위상호가 지금의 상황을 모르고 보냈을 것 같아?"

"네?"

"너희 가주 말이야."

"……."

"너 같으면 좋은 반찬이 나오는데 나눠 먹겠어?"

"그게 무슨 말씀입니까?"

"영호가 진짜 배신한 거로 보여?"

"그렇다면……."

"토사구팽."

"헉."

"나도 위씨세가에 당한 게 있기에 알고 있지."

한빈이 씩 웃었다.

마치 자조하는 듯한 그 웃음은 누가 봐도 진심이었다.

한빈은 실제로 이 순간, 전생의 마지막 기억을 떠올리고 있었다.

당시 맹주였던 위상호에게 토사구팽당했으니 뭐, 틀린 말은 아니었다.

재미있는 것은 일호도 몇 년 후면 토사구팽당한다는 점이다.

한빈의 말에 일호는 입을 딱 벌렸다.

"허, 그럴 수가……."

생각해 보니 뭔가가 이상했다.

음지에서 박박 기던 영호가 위씨세가를 배신한다라?

그것부터가 이상했다.

거기에 이런 고수가 버티고 있는데 위상호가 몰랐다고?

그것도 말이 안 되었다.

일호는 이를 꽉 깨물고 어딘가를 바라봤다.

그곳은 위씨세가가 있는 방향이었다.

일호는 갑자기 의심 하나가 생겼다.

"대협은 누구십니까?"

"그건 비밀이고. 일단 동료들부터 불러와 봐. 내가 시켰다고 하지 말고 은밀하게."

한빈은 사람 좋은 얼굴로 다시 뒤쪽을 가리켰다.

일호는 어깨를 늘어뜨리고 사라졌다.

그가 사라지자 흑미랑이 소리 없이 나타났다.

"왜 안 죽이는 건가요? 공자님."

"이용 가치가 있습니다."

한빈은 씩 웃으며 전생의 기억을 떠올렸다.

일호는 실제 마교와의 전쟁에서 이용 가치가 있었다.

그는 귀검대 소속은 아니었지만, 한빈의 머릿속에 남아 있는 인물이었다.

특히 주인을 위해서라면 몸을 사리지 않았다.

몇 번씩 위상호를 위기에서 구해 줬던 인물.

한빈의 계획은 위상호의 팔다리를 자르기보다는 그 팔이 그의 목을 겨누도록 설계하는 것이었다.

문제는 그들의 무공이었다.

한빈은 위상호가 마지막 남은 암제의 잔당이라 생각하지

는 않았다.

언젠가는 그 윗줄을 만날 수도 있는 법.

한빈은 지금부터 은밀하게 자신만의 칼을 준비해야 했다.

강남사호는 그 첫 번째 칼이 될 수도 있었다.

흑미랑은 고개를 끄덕이다가 뭔가 생각났는지 질문을 이었다.

"그런데 동료들에게 도망가라고 하지 않을까요?"

"그러지는 않을 겁니다."

한빈은 일호가 사라진 방향을 가리키며 웃었다.

흑미랑과 조용히 대화를 나누고 있을 때였다.

뒤쪽에서 기척이 들려오자, 한빈은 손을 툭툭 털며 자리에서 일어났다.

이제부터는 떨어진 이삭을 주워야 할 때였다.

다음 날 아침.

영호는 어깨를 파르르 떨며 자리에서 일어났다.

그러고는 머리를 감싸 쥐었다.

"헉, 또 잠들다니!"

영호는 자신이 잠들었다는 것을 믿을 수 없었다.

영호는 간밤에 자신도 모르게 검을 휘둘렀는지를 확인하

기 위해 자신을 살폈다.

다행히 검에는 사용한 흔적이 없었고, 다른 곳도 멀쩡했다.

하지만 자신의 의복을 확인하고는 입을 탁 벌렸다.

자신의 의복 앞이 완전히 잘려 있었다.

이것은 누군가에게 공격을 받았다는 것이다.

영호는 재빨리 자신의 몸을 살피고는 안도의 한숨을 내쉬었다.

"휴."

다행히도 몸은 상처 없이 멀쩡했다.

이쯤 되자 자신이 남을 해하는 것을 두려워할 때가 아니라는 걸 알았다.

이 정도 증세라면 자신의 목이 언제 달아날지 몰랐다.

그때 한빈이 쓱 다가왔다.

"무슨 일이십니까? 무사님."

"물어볼 게 있습니다. 제가 어제 사라졌습니까?"

"저는 모르지요. 무사님은 어제 바깥쪽을 경계한다고 나가시지 않았습니까? 제가 걱정돼서 이렇게 찾아 나선 겁니다."

"헉."

영호는 입을 벌렸다. 그제야 어제의 기억이 떠올랐다.

주변을 둘러보니 여기는 자신이 은신하고 있던 장소였다.

그렇다면……

자신의 잘린 의복을 확인한 영호는 등에 소름이 돋았다.

검을 사용한 흔적은 없지만, 어젯밤에 자신이 한바탕했음이 분명했다.

영호는 이제 임무가 문제가 아니었다.

영호의 표정을 본 한빈이 물었다.

"왜 그러십니까?"

"혹시 이 몽검이라는 걸 없앨 수도 있습니까?"

"기연인데 왜 없애려고 하십니까? 제가 방법을 알고 있긴 한데…….."

"정말입니까? 공자."

"제가 왜 거짓말을 하겠습니까? 이걸 드시지요."

한빈은 영호에게 환약을 하나 건넸다.

그때 뒤쪽에서 흑미랑이 다가왔다.

한빈과 영호의 대화를 듣던 흑미랑은 입을 딱 벌렸다.

지금 눈에 보이는 환약은 한빈이 일호에게 먹였던 환약이었다.

놀란 것은 흑미랑뿐이 아니었다.

멀리서 이를 지켜보고 있던 네 쌍의 눈동자가 비둘기 날갯짓하듯 떨고 있었다.

이삭 줍는 공자님 (2)

뒤쪽에서 떨고 있는 자들은 강남사호였다.

그들은 어젯밤 악몽 같은 밤을 보냈다.

그들 중 이호가 낮은 목소리로 말했다.

"형님, 저거 우리가 먹었던 심인멸혼단 아닙니까?"

"아무래도 그런 것 같구나."

말을 마친 일호는 자신의 아랫배를 움켜잡았다.

어제의 고통이 떠올랐기 때문이다.

그 고통은 이제까지 겪어 보지 못한 감각이었다.

단지 육체에 고통을 가하는 것이 아니라, 영혼에 각인된
느낌이었다.

그것도 잠시, 표정을 푼 일호가 말을 이었다.

"아무래도 영호 선배도 당한 것 같구나."

"그럼 우리가 오해를 하고 있었단 말입니까?"

말을 마친 이호는 심장을 움켜잡았다.

그 모습을 본 일호가 말했다.

"진짜 심인멸혼단이라니……."

"그게 무슨 말씀입니까? 그럼 가짜라고 생각하고 계셨다는 말입니까?"

"너는 심인멸혼단이 무림에서 금지된 이유를 아느냐?"

일호의 엉뚱한 질문에 이호는 눈을 멀뚱거리다가 답했다.

"……그야, 죽지도 못하고 고통만 안기니 금지된 것이 아니겠습니까? 형님."

"그건 잘못된 생각이다."

"그럼 이유가 뭡니까?"

이호는 고개를 갸웃했다. 주변에 있던 삼호와 사호도 눈을 가늘게 뜨며 일호의 대답을 기다렸다.

그들의 시선에 일호는 참담한 표정으로 영호가 있는 곳을 가리켰다.

"저게 하나에 얼마짜리인 줄 아느냐?"

"……."

모두는 대답을 못 했다.

비싸다는 것을 알고 있지만, 무림에서 금지된 약이라 전해져서 이제는 쓰는 이도 없는 독약이었다.

그러니 알 수가 없는 것은 당연했다.

"무려 은자로 오십 냥이다. 비싸서 안 쓰니 금지되었다고 잘못 알려진 것이지."

"헉."

이호가 탄성을 터뜨리자 일호가 검지를 입술에 갖다 댔다.

"쉿, 조용히 해라. 잘못하다가는 들킨다. 은자 오십 냥짜리를 지금 우리 넷에게 먹인 것이다. 문제는 하나가 더 있다."

"그게 뭡니까?"

"진짜 비싼 것은 저 독약이 아니다."

"그럼 뭡니까?"

"바로 이 해약이지."

일호는 손에 든 백색 호리병을 들어 보였다.

이 호리병은 한빈이 준 것이다.

"대체 그게 얼마이기에……."

"무려 은자 백 냥이다."

"그럼 여기 호리병에 든 세 알의 값이 은자 삼 백 냥이란 말입니까?"

"그렇다. 백 냥에 한 달……."

일호가 백색 호리병을 가리켰다.

강남사호는 어제 차례대로 제압당한 후 한빈에게 백색 호리병을 하나씩 받았다.

그들은 자신의 손에 들린 호리병을 보며 사색이 되었다.

호리병에 든 해약은 세 알.

한 알당 지속 시간은 한 달이었다.

즉, 석 달이 지나면 죽음보다도 더 끔찍한 고통을 맛봐야 한다.

만약 독약의 효과를 무시하고 해약을 거르게 된다면?

그것은 상상도 하기 싫었다.

일호는 동생들을 바라봤다.

이것이 심인멸혼단이라는 것을 처음에는 의심했었다.

하지만 동생들의 고통을 보자 일호는 확신했다.

심인멸혼단의 증상은 복용한 사람마다 다르게 나타난다. 고통받는 부위가 사람마다 다른 것이다.

자신은 아랫배, 이호는 심장 그리고 삼호와 사호도 달랐다.

이게 진짜라면 언제까지 해약을 받을 수 있는지도 확실치 않았다.

다만 확실한 것은, 서생 복장의 고수가 죽는다면 자신들도 그 뒤를 따라야 한다는 점이었다.

그때 이호가 조심스럽게 물었다.

"그런데 어제 대협이 지시한 대로 영단산으로 가야 하지 않을까요? 해약을 영단산으로 보낸다고 하지 않았습니까?"

"너는 그걸 믿느냐?"

"네? 저런 고수가 거짓말을 할 리가 있겠습니까?"

"너는 저자가 정파의 인물로 보이느냐?"

"그건 아니죠. 저리 악랄한 인물이 어찌 정파의 인물이겠습니까?"

"그럼 사파의 인물이라 생각하느냐?"

"흠……."

이호는 턱을 어루만지며 고민했다.

쉽사리 판단이 서지 않았기 때문이다.

그때 삼호가 조심스레 입을 열었다.

"저는 사파의 인물도 아니라고 생각합니다."

"어째서지?"

"사파 놈들이 돈에 얼마나 벌벌 떠는데요. 그놈들이 저렇게 비싼 독을 쓰겠습니까?"

"내 생각도 마찬가지다."

"그럼 첫째 형님의 생각은……."

"아무래도 천산에서 온 인물 같구나."

"그렇다면 마교라는 말입니까?"

"그렇지 않고서야 상대를 죽이지 않고 현 강호에서 쓰지도 않는, 말도 안 되는 독을 쓸 리가 없다고 생각한다."

"헉."

"우리는 영단산으로 가서는 안 된다. 일단 저자를 지켜야 한다. 저자의 목이 달아나면 우리는 남은 평생을……."

일호는 말을 잇지 못했다.

갑자기 어제의 통증이 느껴지는 것만 같아서였다.

일호의 말에 나머지 형제들도 고개를 끄덕인다.

"형님의 말씀에 따르겠습니다."

"저도 따르겠습니다."

말을 마친 모두는 입술을 굳게 닫았다.

그 모습이 마치 석상처럼 보일 정도로 그들은 절실한 표정을 지었다.

━━━ ❀ ━━━

며칠 후 정오, 하남 최대의 곡물 시장이 위치한 양주현의 한 음식점.

한빈 일행은 한가롭게 식사를 즐기고 있었다.

이 층에 자리 잡은 한빈은 턱을 괴고 지나가는 수레들을 바라봤다.

"제법 활기가 넘치는군요."

누구에게 한 말은 아니었다.

그저 혼잣말로 이 거리를 평가한 것이다. 하지만 흑미랑은 재빨리 답했다.

"추수가 끝난 지방의 곡식이 다 이곳으로 모이니 그럴 수밖에 없죠."

"흑 소저는 곡물 경매가 어디에서 이루어지는 아나요?"

한빈이 묻자 흑미랑은 눈을 새초롬하게 떴다.

자신을 무서워하는 자는 있었다.

하지만 이렇게 소저라 칭한 사람은 한빈이 처음이었다.

계속 무사라 부르기도 뭐하고.

하오문 호북 지부의 문주라는 것을 밝힐 수도 없으니.

할 수 없이 택한 호칭이었다.

살짝 얼굴을 붉힌 흑미랑이 말을 이었다.

"아마 오늘 밤부터 암상이 열릴 거예요."

"암상이라……."

한빈은 전생의 기억을 떠올렸다.

암상이 존재하는 이유는 금지된 품목을 거래하기 위함만은 아니었다.

그것은 세금 때문에 관아의 눈을 피해 거래하려는 이유도 있었다.

소금이야 국가의 전매 상품이지만, 곡물의 경우는 조금 달랐다.

하지만 이렇게 대량으로 거래될 때면 관에서는 세금을 매긴다.

그 액수는 생각보다 어마어마했다.

문제는 이 세금을 탐탁지 않게 생각하는 상인이 대부분이라는 점이다.

덕분에 대량의 거래는 암상을 통해 이뤄진다.

반면 소량의 거래는 정상적인 시장에서 유통하게 되는 것이다.

정상적인 시장에 풀린 곡물은 적혈맹호대가 쓸고 있을 터.

한빈은 암상에 집중하면 되었다.

한빈이 양주현을 목적지로 정한 것이 바로 곡물 때문이었으니.

오늘 밤부터는 보이지 않는 전쟁을 시작해야 했다.

생각에 잠긴 듯한 한빈의 모습에, 흑미랑이 말을 이었다.

"대부분 곡식은 그곳에서 거래되고 남은 곡물은 그 후에 관아의 통제하에 거래되겠죠. 문파에서 쓸 곡물이라면 그냥 시장에서 구입하셔도 될 것 같은데요. 암상은 워낙 변수가 많아서요. 어쨌든 추천해 드리지는 않아요. 암상에서 거래하다가는 괜히 눈탱이……."

흑미랑은 자신의 입을 틀어막고 어색하게 웃었다.

하오문의 예비 주인에게 쓰는 말치고는 너무 저렴했다.

거기에 암상을 추천하지 않는다는 것은 어찌 보면 상대를 무시하는 행동이 될 수도 있었다.

암상에서 거래되는 곡물의 양은 한 문파에서 소화하기 힘든 단위로 거래된다.

즉, 흑미랑의 말은 그녀가 보기에 하북팽가 정도의 규모라면 굳이 암상을 통하지 않아도 된다는 말과 같았으니까.

하지만 흑미랑의 생각은 다음 한빈의 말에 무참히 깨졌다.

"그럼 나랑 같이 오늘 암상이나 둘러보죠. 어디서 열리는지는 아시죠?"

"그건 그렇지만……."

흑미랑은 다시 말끝을 흐렸다.

하오문도 특유의 촉이 발동한 것이다.

팽한빈이라는 사람을 하북팽가의 일원으로만 생각한 것은 자신의 실수라고 생각했다.

그녀는 한빈을 바라보며 이곳 양주현에서 일어날 평지풍파를 예상했다.

그때였다.

점소이 몇이 커다란 쟁반을 가져와 탁자 위에 음식을 놓기 시작했다.

탁. 탁.

순식간에 그들 앞에 진수성찬이 놓였다.

이곳에 있는 모든 음식이 한꺼번에 나온 것이다.

한빈은 기분 좋게 젓가락을 들었다.

그것도 잠시, 그는 고개를 갸웃했다.

한빈이 바라보고 있는 곳에는 영호가 입을 쑥 내밀고 있었다.

한빈이 한참을 바라보고 있어도, 영호는 젓가락을 들지 않았다.

한빈은 힐끔 고개를 돌려 흑미랑을 바라봤다.

흑미랑은 옆에 있는 영호는 신경도 안 쓰고 오리고기를 입에 넣고 있었다.

"아, 정말 맛있네요. 공자님."

"흑 소저, 무사님은 왜 저러고 있는 겁니까?"

"직접 물어보세요. 그런데 몰라서 그러신 건 아니죠?"

"흠, 진짜 모릅니다."

한빈은 어깨를 으쓱하고 다시 고개를 돌렸다.

하지만 아무리 쏘아봐도 영호는 꼼짝하지 않았다.

한빈은 못 참겠다는 듯 물었다.

"무사님, 왜 그러고 계세요?"

"⋯⋯."

영호는 입을 내민 채 한빈을 바라보지 않았다.

한빈이 다시 물었다.

"무슨 일 있으세요?"

"걱정돼서 그럽니다. 이 약이 정말 효험은 있는 건가요?"

영호는 품에서 백색 호리병을 꺼내 흔들었다.

"저를 못 믿습니까?"

"이걸 먹었는데도 계속 잠이 옵니다."

영호가 지금 밥을 못 먹는 이유는 바로 이것 때문이었다.

한빈이 준 환약을 먹었지만, 계속 밤만 되면 눈이 감긴다.

며칠 전 새벽에 환약을 하나 먹은 뒤, 백색 병에서 다른 환약 하나를 꺼내 먹었다.

남은 환약은 모두 세 알.

한 달마다 환약을 먹으면 몽검이라는 병이 나을 것이라 했다.

물론 첫 번째 먹은 환약은 독이었고.

그다음 먹은 약은 해약이었다.

독으로 인한 고통을 겪지 않은 영호는 그 사실을 알 수 없었다.

서생이 말하길 몽검은 기연이라고 했지만, 영호는 그것이 병이라 확신했다.

하지만 아무리 깨어 있으려 노력해도 무용지물이었다.

그때 한빈이 아무렇지 않게 말했다.

"밤이 되면 잠이 드는 것은 당연한 일이지요."

"전에는 그런 적이 없었습니다."

"하하, 그때는 고민이 많아서 그런 것이 아니었을까요?"

"그럼 지금은……."

"고민이 없어지신 거지요."

한빈이 씩 웃자 영호는 입을 탁 벌렸다.

요즘 확실히 달라진 것은 있었다.

문제는 고민이 없어진 것이 아니라 희망이 없어진 것이라는 점이었다.

영호가 넋을 놓고 있는 동안, 흑미랑은 음식의 반 이상을 해치웠다.

흑미랑은 이렇게 폭식을 하는 사람이 아니었다.

단지 한빈과의 동행이 생각보다 힘들었다.

한빈은 밤에 잠을 자지 않았다.

한빈이 영호에게 밤이 되면 잠이 드는 게 당연하다고 한 대목에서 흑미랑은 먹던 음식을 뿜을 뻔했다.

한빈은 자신과 동행한 뒤 한 번도 잠을 잔 적이 없었다.

자는 대신 누군가를 패고 돌아왔다.

사실 처음에는 흑미랑도 궁금했다.

하지만 어제부터는 모든 것을 포기하고 잠을 청했다.

며칠간의 기억을 떠올린 흑미랑은 자신의 얼굴을 만져 봤다.

푸석푸석한 게 확실히 예전 같지 않았다.

젓가락을 놓은 흑미랑은 주위를 돌아봤다.

한참을 보던 흑미랑은 다시 젓가락을 잡고는 한숨을 쉬었다.

"휴."

"왜 그래요? 흑 소저."

"아무래도……."

흑미랑은 한빈의 얼굴을 힐끔 보고는 말을 멈췄다.

차마 한빈에게 외모 이야기를 할 수는 없었다.

지금 흑미랑이 한숨을 쉰 이유는 한 가지였다.

흑미랑은 음식을 먹기 위해 면사를 벗고 있는 상태였다.

평소 같으면 흑미랑의 외모 때문에 사람들이 몰려들었을 것이었다.

하지만 사람들은 흑미랑에게 눈길조차 주지 않고 있었다.

어쩌다 마주친 사내들은 시선을 돌리기 바빴다.

그러니 흑미랑이 미칠 지경이 된 것은 당연했다.

한빈에게는 태연한 척하고 있지만, 흑미랑도 한 명의 여인이었다.

외모가 이리 망가지는데 속이 멀쩡할 리 없었다.

잠시 후, 한빈 일행은 암상의 경매에 참여하기 위해 음식점을 나섰다.

한빈 일행이 음식점에서 사라지자, 여기저기서 헛숨이 터져 나왔다.

"아까 봤나?"

"그럼 봤지 왜 못 봤겠나!"

"어둠의 기운을 그리 뿌리며 다니는 무사는 처음 봤네."

"그러게 말일세. 숨이 막혀서 죽을 뻔했네."

"자네는 숨이라도 쉬었지. 나는 숨도 참았네."

그들은 한빈 일행이 사라진 곳을 바라봤다.

그들이 말하는 사람은 다름 아닌 영호였다.

영호는 음지에서 활동하던 살수였다.

그러지 않아도 살기를 풍기는 그가 음식에는 손도 안 대고 표정을 일그러뜨리고 있으니, 사람들은 숨도 쉬지 못했던 것이다.

그날 밤, 한빈 일행이 멈춘 곳은 커다란 장원의 앞이었다.

그 장원의 대문은 아무렇지 않게 열려 있었다.

그곳으로 들어가려던 한빈이 걸음을 멈췄다.

걸음을 멈춘 한빈이 쓱 뒤를 돌아봤다.

그곳에는 아직도 울상이 되어 있는 영호가 있었다.

영호는 자신을 바라보는 한빈을 보며 물었다.

"왜 그러시오?"

"무사님은 잠시 여기에 계셔야겠습니다."

"뭐, 그러지요."

영호가 아무렇지 않게 답하자, 한빈은 흑미랑과 함께 장원의 안쪽으로 사라졌다.

영호는 슬쩍 안쪽을 바라봤다.

강호에서 칼밥을 먹은 지 오래된 영호가 암상을 모를 리 없었다.

더욱이 강남은 그의 주된 활동 무대.

하지만 한빈이 강남의 암상에서 왜 곡물을 사려는지 따위는 그의 관심 사항이 아니었다.

그는 단지 몽유병에서 벗어날 방법만이 중요했다.

영호가 오늘 암상이 서는 장원의 담벼락에서 기웃거릴 때였다.

누군가 영호를 불렀다.

"영호 선배 아닙니까?"

순간 영호는 미간을 좁혔다. 목소리가 귀에 익었기 때문이다.

영호의 표정이 살짝 굳어졌다. 영호는 그 목소리의 주인과는 견원지간이었다.

그는 힐끔 고개를 돌렸다.

아니나 다를까, 그곳에는 일호가 눈을 빛내고 있었다.

"자네가 왜 여기에 왔는가?"

"잠시 이쪽으로 오시죠, 영호 선배."

일호는 은밀하게 손짓했다. 그 모습을 본 영호는 그가 이끄는 곳으로 조용히 걸어갔다.

영호는 일호의 뒤를 따르며 검집을 꽉 잡았다.

모든 것이 의심스러운 상황에서 찾아온 경쟁자였다.

그의 의도가 좋아 보일 리 없었다.

혹시……

영호는 자신의 이상 증세가 일호가 짠 계략은 아닐까 하는 의심을 해 보았다.

물론 이것은 합리적인 의심이었다.

일호와 자신은 위씨세가의 안팎을 책임지는 해결사였으니까.

앞장서는 일호는 장원에서 이백 걸음은 족히 떨어진 수풀 속에서 멈췄다.

그가 멈추자 영호는 재빨리 검을 뽑았다.

스릉.

여기까지 오면서 영호는 자신을 이렇게 만든 것이 일호라 확신한 것이다.

갑작스러운 상황에 일호가 뒤쪽으로 물러나며 검을 잡았다.

펄쩍.

그는 검집을 앞으로 내민 채 외쳤다.

"지금 뭐 하는 것입니까? 영호 선배!"

"너희가 나를 이렇게 만들었느냐? 나머지는 어디 있지?"

영호는 주변을 매의 눈으로 훑었다.

순간 일호의 뒤쪽에서 나머지 강남사호가 나왔다.

그중 참지 못한 삼호가 앞으로 나왔다.

"이 새끼가 어디서 검을 뽑아. 선배랍시고 봐줬더니…….”

삼호는 말을 멈췄다.

일호가 손을 들어 그를 제지했기 때문이다.

그는 재빨리 품속에 손을 넣었다.

그 모습에 영호가 외쳤다.

"어디서 수작을 벌이려고 하는가?"

그러나 질문을 던진 영호는 고개를 갸웃해야 했다.

일호의 손에서 나온 것은 어디서 많이 본 호리병이었다.

백색의 호리병은 크기도 똑같았다.

"이 호리병을 아십니까?"

"그건……."

영호는 살짝 말끝을 흐렸다.

몽검이라 불리는 몽유병의 치료제였기 때문이다.

하지만 자신의 약점을 스스로 말할 수는 없었다.

그 모습에 일호가 한숨을 쉬면서 말했다.

"저희는 선배가 이걸 스스로 먹는 것을 봤습니다. 왜 그러셨습니까?"

"……."

"저희야 억지로 먹었다지만, 당신은 왜 스스로 이 약을 먹은 겁니까? 진짜 배신한 거였습니까?"

"배신이라니, 그게 무슨 말이냐?"

"얼마 전 위씨세가에 전서구 한 마리가 날아왔습니다. 긴급 서찰을 전하는 전서구였지요."

"그래, 그건 내가 보냈다."

"그럼 사실이군요."

"사실이라니, 그게 무슨 말이냐?"

"그 서찰에는 그동안 감사하다는 말과 함께 가문을 떠나겠다는 말이 적혀 있었습니다."

"그렇다면 내가 보낸 전서구가 아닌데……. 대체 누가 보냈다는 말이냐?"

"분명 당신의 필체였습니다."

"그게 무슨……."

영호는 말을 멈추고 장원이 있는 쪽을 바라봤다.

갑자기 서생의 얼굴이 떠오른 것은 왜일까?

그때 일호가 심각한 표정으로 말을 이었다.

"그래서 가주님은 저희에게 당신을 처리하라는 명령을 내렸습니다."

"그, 그게 무슨 말이냐? 오, 오해다. 내가 가문을 배신할 리가 있겠느냐?"

"당신은 본래 위씨 가문의 사람이 아니지 않습니까?"

"가주님은 이번 일이 끝나면 나를 양지에 세우겠다고 약속하셨다. 그런데 왜 배신을 하겠느냐?"

"뭐, 그렇다고 칩시다. 저도 지금은 당신의 배신에 대해서 조금 이상한 점이 있으니까요. 어쨌든 제 손으로 당신의 목숨 줄을 끊어 놓기는 미안하더군요."

"……."

"한솥밥을 먹은 지 좀 되어서 그런지, 미운 정이 꽤 들었나 봅니다. 그래서 대신 검 좀 쓴다는 자객들을 보냈습니다. 그런데 그들이 떡이 되어 돌아왔습니다. 딱 숨만 붙어 있더군요."

그의 말에 영호는 자신의 검집을 살폈다.

아무래도 몽검이라는 병이 발작했을 때를 말하는 것 같았다.

"그건 미안하다. 내 고의는 아니었다."

"당신이 미안하다고 할 일은 아닙니다. 목숨을 노리고 온 자객을 그냥 돌려보낸다면 선배가 아니죠."

"흠."

"그래서 저희가 직접 나섰습니다. 그런데 알고 봤더니, 서생은 보통 고수가 아니었습니다."

"서생이라고 했나?"

영호는 눈을 가늘게 떴다. 그가 서생 이야기를 꺼낸 것이 이해가 되지 않았다.

"그냥 단도직입적으로 말하죠. 당신이 알고 있는지는 모르겠지만, 서생은 마교의 인물이 틀림없습니다."

"헉, 그게 무슨 말이냐?"

"목소리가 너무 큽니다."

"자세히 말해 보게."

"우리도 서생의 강압에 못 이겨 심인멸혼단을 먹었습니다."

"심인멸혼단이라니……."

"독이 마음에 각인되어 완벽한 해약이 없다는 그 독 말입니다. 거기에 그 독은 영혼이 사라질 정도로 고통스럽다고 하죠. 다른 건 모르겠지만, 고통은 확실하더군요."

"그게 무슨 말이냐?"

"제가 고통을 맛봤으니까요!"

"자, 잠시만 기다려 봐라. 지금 그 서생이 마교의 인물이고, 그게 심인멸혼단이라고?"

영호는 일호가 들고 있는 백색 호리병을 가리켰다.

일호는 고개를 흔들었다.

"처음 드신 게 심인멸혼단이고 이건 그 해약입니다. 뭐, 독을 제거하는 해약이 아닌 건 아시겠고. 그러니까……"

일호는 자신이 알고 있는 현재 상황을 털어놓기 시작했다.

일호는 처음 이야기를 꺼내며 영호의 표정을 하나도 놓치지 않고 살폈다.

그 결과, 영호는 아무것도 모르는 것이 확실했다.

일호는 그런 그의 모습에 헛웃음이 나왔다.

자신이 가장 약삭빠르다고 자부하는 것이 영호였다.

하지만 일호가 봤을 때, 가장 멍청한 것이 영호이기도 했다.

멍청하지 않다면 양지에 서게 해 주겠다는 가주의 말을 믿을 리 없었다.

살수 출신의 무사를 위씨세가의 대표로 내세운다는 것은 말도 되지 않았다.

위씨세가의 무사가 살수 출신이라는 것이 알려지면 그 파장은 생각보다 무시무시할 것이었다.

일호는 표정을 수습하고 계속 설명을 이어 나갔다.

그 설명을 다 듣고 난 영호는 표정을 굳혔다.

이야기는 간단했다.

서생은 마교의 고수였다.

자신은 몽유병에 걸리지 않았다는 것이 핵심이었다.

몽유병이라 착각한 것은 서생이 자신을 점혈해서 혼절시켰기 때문이었다.

아무 느낌도 받지 않았는데 수혈을 제압당했다라?

거기에 자신이 잠든 후에 많은 일이 벌어졌다고 했다.

그제와 오늘은 수많은 전서구가 서생에게 날아왔다고도 했다.

이게 어찌 가능한 일인가?

더 놀라운 것은 서생과 같이 있던 하오문의 여인도 보통 고수가 아니라고 했다.

이야기를 다 듣고 난 영호는 다급하게 물었다.

"지금 한 말이 사실인가?"

"사실입니다. 역시 모르고 계셨군요."

"이런 엿 같은 일이!"

영호는 자신도 모르게 버럭 고함을 치며 콧김을 뿜었다.

그 모습에 일호가 손바닥을 보이며 막았다.

"진정하시고 제 말을 들어 보시죠."

"무슨 말을 한다는 것이냐! 어서 돌아가서 가주님께 알려야……."

"심인멸혼단은 한 달에 한 번 해약을 먹어야 합니다. 그게 고통을 막는 유일한 방법이고요."

"……."

"해약의 값은 아실 테지요. 과연 위상호가 우리에게 해약을 구해 줄까요?"

"흠."

"모른 척 서생의 곁에 붙어 계십시오. 그리고 상황을 봐서 그쪽에 붙으십시오."

"지금 뭐라 했는가?"

"그게 살아남은 유일한 방법입니다."

"살아남는 유일한 방법?"

"그자의 해약이 없다면 우리는 고통 속에 스스로 목숨을 끊어야 할 겁니다. 우리야 정파에 붙든 사파에 붙든 마교에 붙든 무슨 상관입니까? 어쨌든 이승에 두 발을 붙이고 있는 게 상책이죠."

"흠."

영호는 표정을 와락 구겼다.

하지만 더는 소리치지 않았다.

그저 고개를 들고 밤하늘을 바라볼 뿐이었다.

한빈이 휘적휘적 장원을 가로지르자 옆에 있던 흑미랑은 고개를 갸웃했다.

자신보고 안내해 달라고 할 때는 언제고 지금은 자기 집처럼 편안하게 장원을 거닌다.

더 이상한 것은 암상이 열리기까지는 앞으로 두 시진이나 남았다는 점.

그런데 왜 이리 일찍 왔는지 이해가 되지 않았다.

보통 암상의 경매에 참가할 이들은 자신의 신분을 숨기기 위해 짧은 시간에만 모습을 드러낸다.

흑미랑의 머릿속에 의문이 쌓여 갈 때였다.

한빈은 고개를 돌려 그녀를 바라봤다.

갑자기 멀뚱히 그녀를 바라보는 한빈의 모습에 흑미랑이 물었다.

"왜 그렇게 보세요? 공자님."

"흑 소저도 이곳에 잠시 기다려 줘야겠습니다."

"제가요?"

"네. 흑 소저는 이곳에서 잠시만 달구경을 하고 계세요. 제가 일을 마치고 바로 돌아오겠습니다."

"그런데 어디 가시는 거예요? 암상은 처음이시잖아요."

"암상은 처음이긴 한데 이곳의 주인과는 아는 사이입니다."

"그게 무슨 말······. 앗, 이것도 비밀이죠?"

"정답입니다."

한빈이 빙긋 웃자 흑미랑은 자신도 모르게 입을 삐죽 내밀었다가 재빨리 자신의 입을 가렸다.

한빈은 그 모습에 빙긋 웃고는 낙엽 밟는 소리만 남긴 채 사라졌다.

사사삭.

한빈이 사라진 자리를 멍하게 보고 있던 흑미랑이 뭔가 결심한 듯 입술을 잘근 깨물었다.

한빈은 그녀에게 이곳에서 기다리고 했지만, 그녀의 몸에는 하오문의 피가 흐른다.

강호에서는 천시받고 있지만, 중원 최고의 정보상은 바로 하오문이었다.

하지만 흑미랑은 그것을 자신 있게 말할 수 없었다.

한빈을 만나고 나서는 자신이 모르는 것이 너무 많다는 것을 알게 되었다.

오늘 암상이 열리는 위치를 안내해 주긴 했지만, 이곳에 와서는 자신보다 더 위치를 잘 파악하고 있었다.

거기에 이곳에서 누군가를 만나러 간다?

호북 지부 하오문의 수장인 자신이 몰라서는 말이 안 되었다.

묘한 자존심이 그녀의 심장을 뛰게 만들었다.

그녀는 한빈이 사라진 곳을 한번 보더니 자리에서 사라졌다.

그녀의 은밀한 경공술은 그림자조차 남기지 않았다.

꽃

한빈이 도착한 곳은 장원의 깊숙한 곳이었다.

그곳에는 불상이 하나 있었다.

한빈은 그 불상을 알고 있었다.

이 불상은 장운현에서 봤던 그 불상과 흡사했다.

한빈은 이 장원에 오면서 이 불상을 확인했다.

그는 이 불상의 주인을 만나기 위해 별채로 온 것이었다.

본래에는 없던 계획.

하지만 불상의 주인을 만난다면 오늘의 일이 조금 쉽게 해결될 수 있었다.

한빈은 주위를 확인했다.

별채의 주변은 연못으로 둘러싸여 있었다.

별채의 옆에는 정자가 하나 덩그러니 자리 잡고 있었다.

정자와 별채에는 인기척이 느껴지지 않았다.

한빈은 조용히 불상이 있는 곳으로 걸어갔다.

불상은 장운현에서 봤던 것과 판박이였다.

하지만 그 크기는 장운현에 있는 불상의 반밖에 되지 않았다.

한빈은 품 안을 뒤졌다. 그러고는 철전 하나를 꺼냈다.

한빈은 그 철전을 불상의 손 위에 던졌다.

'백발백중.'

불상의 손 한가운데에 철전이 박힌다.

철전이 박힌 곳은 부처님의 손바닥 중 손금이 있는 곳.

순간 불상이 살짝 흔들렸다.

투두둑.

마차가 지나가는 듯한 진동이 느껴졌다.

순간 불상의 뒤쪽에서 인기척이 느껴졌다.

그 모습에 한빈은 눈매를 좁혔다.

하지만 인기척만 느껴질 뿐, 아무도 모습을 드러내지는 않았다.

한빈은 주위를 쓱 훑어보더니 손가락을 튕겼다.

딱.

그 소리에 달빛을 받은 신형들이 하나둘 나타났다.

그 신형들은 한빈을 포위하고 있었다.

재미있는 것은 그들이 흔히 볼 수 있는 야행복을 입지 않았다는 점.

수풀과 잘 어우러지는 녹색의 무복을 입고 있었다.

거기에 녹색의 복면.

그들은 이곳에서만 활동하는 무사들이 틀림없었다.

한마디로 암상의 경비병.

그들 중 수장으로 보이는 무사가 한 발 나왔다.

"겁도 없이 어찌 이곳에 발을 디뎠느냐? 지금이라도 늦지 않았으니 곱게 돌아가거라."

목소리를 확인한 한빈은 잠시 고민했다.

그냥 쳐들어가느냐?

정중하게 요청하느냐?

한빈은 그중 후자를 택했다. 목소리의 주인에게 연륜을 느꼈기 때문이다.

그것도 지긋한 나이의 인물이 분명했다.

한빈은 살짝 고개를 숙였다.

"암상의 주인을 만나러 왔습니다."

"암상의 주인이라고?"

"네, 그렇습니다. 그러니 후딱 전해 주시지요."

"네가 암상의 불문율을 깨려는 것이냐?"

"그냥 전해 주십시오. 자꾸 그러시면 말이 길어질 수밖에 없습니다."

"네놈이 개작두 앞에 목을 들이미는구나."

"개작두가 눈에 아른거려도 할 말을 해야 하는 것이 공맹을 공부하는 이의 도리가 아니겠습니까?"

한빈은 자신의 복장을 가리켰다.

그는 누가 봐도 서생이었다.

녹색 복면의 우두머리는 기가 찬 듯 한빈을 바라봤다.

"서생의 경공술이 그 정도라면 우리는 접시 물에 코 박고 반성해야겠군."

"허, 내 걸음을 봤단 말입니까? 그 정도면 저도 실력을 인정할 수밖에 없군요."

"허허, 말하는 것을 보니 간이 배 밖으로 나온 놈이로구나. 네놈이 이곳이 어디인 줄 안다면 함부로 말하지 못할 터. 좋게 말할 때 그냥 돌아가거라."

그때였다.

뒤쪽에서 대다수의 기감이 잡혔다.

한빈은 아무 말 없이 뒤쪽을 바라봤다.

그곳에서는 녹색 무복을 입은 무사 이십여 명이 천천히 다가오고 있었다.

터벅터벅.

한빈은 눈매를 좁혔다.

그들의 걸음걸이에서 묘한 기운이 느껴졌기 때문이다.

한빈은 자신의 예상이 맞았다는 듯 고개를 끄덕이며 환한 미소를 지었다.

그때, 다가온 이십 명의 복면인들이 좌우로 갈라졌다.

그 가운데에는 흑미랑이 밧줄에 묶인 채 한빈을 바라보고 있었다.

흑미랑은 어색하게 웃었다.

"조심한다는 게 걸렸네요. 죄송해요, 공자님."

"뭐, 예상은 하고 있었습니다."

"그게 무슨 말씀이에요? 제가 따라올 걸 알고 계셨다고 요?"

"궁금한 걸 참는다면 하오문의 사람이 아니지요."

"호호, 이해해 주시니 감사해요. 그런데 제 신분을 그렇게 밝히시면 어떻게 해요."

"그것도 걱정하지 마시죠. 이곳에 계신 군관 나으리들은 벌써 흑 소저의 정체를 눈치채고 계셨을 겁니다."

"군관이라고요?"

흑미랑은 눈을 동그랗게 뜨고 녹색의 복면인을 바라봤다.

그때였다.

복면인의 우두머리가 노한 목소리로 외쳤다.

"헛소리하지 말거라!"

"헛소리라니요? 어느 문파 어느 무림세가를 막론하고 저 렇게 티를 내지는 못합니다."

한빈은 흑미랑을 데리고 온 복면인을 가리켰다.

그 모습에 복면인의 우두머리가 물었다.

"무슨 티를 냈다는 말이냐?"

"저들은 모습을 나타낼 때부터 지금까지 보폭과 발을 정확 히 맞추더군요. 거기에 열까지 자로 잰 것처럼 정확합니다.

어느 문파도 저렇게 이동하지는 않습니다."

"그게 무슨 문제더냐?"

"저건 훈련된 병사가 아니고는 불가능하죠. 그것도 십 년 이상 숙련된 병사의 습관입니다. 강호인이 습관을 못 고치는 것처럼, 여러분도 병사 시절 제식의 습관을 버리지 못하는 것이지요. 여러분들은 분명 황……."

한빈의 말을 우두머리가 다급히 끊었다.

"잠깐."

손을 보이며 말을 끊은 우두머리는 길게 한숨을 내쉬었다.

"휴."

"왜 그러십니까?"

"네가 더 말하면 우리는 너를 그냥 보내 줄 수 없다."

"말 안 해도 그냥 보내 주지는 않을 것 아닙니까?"

"험."

우두머리는 수염 쓰다듬는 시늉을 했다.

아무래도 복면 속에는 긴 수염이 숨겨져 있는 것 같았다.

그때 한빈이 빙긋 웃었다.

"이곳의 주인에게 팽가의 막내가 왔다고 전해 주십시오. 그럼 내치지는 않을 겁니다."

"팽가라니 그게 무슨 말이냐? 혹시 하북팽가라는 말이 냐?"

"네, 맞습니다."

    한빈이 고개를 끄덕이자 멀리서 이를 지켜보던 흑미랑이
고개를 마구 흔들었다.

"공자님, 정체를 그렇게 밝히시면 어떻게 해요!"

"뭐, 서로 일단 패부터 까고 대화를 시작해야 결론이 빠르
지 않겠습니까?"

"아무리 그래도 그렇게 패를 막 보여 주시다니⋯⋯!"

"아군입니다."

"네?"

"이들은 아군입니다. 뭐, 때에 따라서는 적군이 될 수도 있
겠지만요."

흑미랑은 한빈의 말뜻을 모르겠다는 듯 고개를 갸웃했다.

한빈의 말에 반응한 것은 흑미랑뿐이 아니었다.

복면인의 우두머리도 외쳤다.

"그게 무슨 말이냐? 우리가 누군지 알고 아군이라는 것이
냐!"

"일단 주인장 얼굴부터 보죠."

"흠, 네가 진정 하북팽가의 사 공자라는 말이더냐?"

우두머리는 눈매를 좁혔다.

그 모습에 놀란 것은 흑미랑이었다.

"대체 어떻게 우리 주인, 아니 팽 공자님을 아세요?"

"흑, 주인이라니 그게 무슨 말이냐?"

갑자기 시작된 우두머리와 흑미랑의 뜬금없는 대화에 한

빈이 나섰다.

"그만하시고 주인에게 날 데려가시면 확실하지 않겠습니까?"

"음."

우두머리는 관자놀이를 지그시 누르며 잠시 고민하는 듯했다.

그것도 잠시, 그는 별채의 담장을 가리켰다.

"저기서 증명해 보시오."

"네, 증명하지요."

한빈이 씩 웃으며 담장으로 다가가자 흑미랑은 입을 딱 벌렸다.

복면인의 우두머리가 왜 담장을 가리키는지 알 수 없었다.

거기에 무엇을 증명하라는 건지도 자신은 알 수 없었다.

흑미랑은 왠지 자괴감마저 들었다.

왜 자신이 알 수 없는 일들이 계속 나타난다는 말인가?

흑미랑은 미칠 것만 같았다.

그때였다.

담장 쪽에서 묘한 소리가 들려왔다.

펑.

그 소리에 눈을 가늘게 뜨자, 한빈과 녹색 복면인의 우두머리가 나란히 걸어왔다.

녹색 복면인의 우두머리는 왠지 한빈을 호위하는 듯 보였
다.

이전의 태도와는 완벽하게 달라진 그의 모습에 고개를 갸
웃하고 있을 때였다.

우두머리가 흑미랑을 가리키며 외쳤다.

"풀어 드려요!"

"네, 알겠습니다."

녹색 복면인들이 흑미랑의 포박을 풀었다.

포박에서 풀려난 흑미랑은 팔목을 살짝 돌린 뒤 한빈에게
달려갔다.

"공자님, 대체……."

"쉿."

한빈이 입술을 검지에 갖다 댔다.

순간 주변에 묘한 정적이 흘렀다. 한빈은 우두머리의 다음
행동을 기다렸다.

우두머리는 먼 하늘을 보다가 걸음을 옮겼다.

"이쪽으로 오시지요."

앞장서는 우두머리를 한빈은 조용히 따라갔다.

우두머리가 간 곳은 담장 쪽이었다.

그는 담장을 살짝 밀었다.

흑미랑은 그 모습에 고개를 갸웃했다.

담장을 미는 행동은 누가 봐도 이상했다.

의문도 잠시, 흑미랑의 눈이 커졌다.

담장이 대문처럼 활짝 열리는 것이었다.

덜컹.

흑미랑은 이제야 담장이 기관 장치라는 것을 알았다.

아마 저것은 무림인을 위해 설치해 놓은 장치일 것이다.

저 문을 통해서 들어가지 않고 담장을 넘는다면?

벌집이 될 확률이 백이면 백이었다.

담장을 지나가자, 마치 딴 세상이 펼쳐진 것만 같았다.

작은 오솔길이 나왔고 그 옆에는 빽빽한 대나무가 울창한
숲을 이루고 있었다.

그 오솔길의 끝에는 작은 움막이 있었다.

장원 뒤에 움막이라?

누구도 생각지 못한 광경이었다.

우두머리는 움막 앞에 섰다.

"들어가시면 됩니다."

"네, 감사합니다."

한빈이 살짝 고개를 숙이고 움막으로 들어갔다.

흑미랑 역시 한빈을 따라 움막 안으로 들어가려고 할 때였
다.

우두머리가 그녀를 제지했다.

"당신은 들어가실 수 없습니다."

"저는 왜 안 되나요?"

흑미랑이 애처로운 눈빛으로 우두머리를 바라봤다.

그때였다.

안쪽에서 젊은 사내의 목소리가 들려왔다.

"들어오시라 전해라."

"네, 명에 따르겠습니다."

우두머리는 보이지 않은 사내를 향해 포권했다.

그러고는 흑미랑을 바라봤다.

"들어가셔도 좋습니다."

우두머리는 정중히 손을 내밀어 안쪽을 가리켰다.

그 모습에 흑미랑이 어색하게 웃었다.

"고마워요."

움막 안으로 들어간 흑미랑은 눈을 크게 떴다.

겉은 움막이었는데 안쪽은 다른 세상이었다.

마치 고위 관리의 집무실처럼 안쪽은 정갈하게 꾸며져 있었다.

움막처럼 보이던 작은 곳이 아니라 뒤쪽에는 긴 복도가 펼쳐져 있었다.

그녀가 서 있는 곳은 첫 번째 방이었다.

그녀는 고개를 힐끔 돌려 한빈을 찾았다.

한빈은 방의 구석에서 사내와 마주 앉아 있었다.

한빈과 마주 앉아 있는 사내가 아까 목소리의 주인공인 것 같았다.

같은 시각 암상이 열리는 장원 근처.

한적한 길가에서는 한 무리의 무인이 멈춰 있었다.

그중 하나는 살기를 풀풀 풍기고 있었다.

그를 따르던 다른 무인들은 모두 시선을 피하기 급급했다.

점점 기세를 강하게 피워 올리자, 무인들이 몰고 온 수레
의 말들이 투레질한다.

휘잉.

무사들보다 감각이 뛰어난 말이 더 빠르게 반응하는 것이
었다.

그때 누군가가 조심스럽게 입을 열었다.

"아버님, 진정하시지요."

"너는 이런 일도 하나 제대로 처리하지 못하느냐?"

그 목소리의 주인공은 위상호였다.

위상호가 바라보고 있는 것은 그의 아들 위지천.

위상호가 이리 노기를 띠고 있는 이유는 간단했다.

그는 하북을 혼란의 도가니로 몰아넣으면서 이득까지 취
하려고 했다.

그런데 그것이 계속 틀어지고 있었다.

위상호는 며칠 전 그의 아들 위지천에게 곡물 시장을 장악
하라고 지시했다.

하지만 그 결과는 참담했다.

누군가가 추수한 곡물을 모두 쓸어 가고 있었다.

위지천이 보낸 서찰을 받은 수하들이 움직였을 때는 이미 늦은 후였다.

문제는 여기에서 그치지 않았다.

자신이 믿고 보낸 강남사호가 실종된 것이었다.

위상호는 왜 이런 일이 계속 일어나는지 알 수 없었다.

암제의 계획이 실패한 것은 어찌 보면 자신이 적극적으로 협조하지 않은 탓도 있었다.

암제나 금선이나 모두 운이 없어 당한 것이라고 생각했다.

하지만 지금은 그 불운이 자신의 것이 되었다.

"대체 무슨 일이……."

위상호가 이를 악물고 있을 때였다.

수하 하나가 다급하게 뛰어왔다.

타다닥.

"가주님, 급하게 보고드릴 것이 있습니다."

"무슨 일이더냐?"

"그게……."

수하는 말끝을 흐리며 가주 위상호에게 다가갔다.

그는 조용히 상체를 기울였다.

그 모습에 위상호는 손짓했다.

귓속말을 해도 좋다는 신호였다.

수하는 위상호의 귀에 대고 조심스럽게 속삭였다.

보고를 들은 위상호가 눈을 크게 떴다.

"어서 안내하거라."

"네. 이쪽으로 오십시오, 가주님."

수하는 재빨리 앞장섰다.

가주 위상호는 다른 이들은 대기시킨 뒤 수하를 따라갔다.

한참을 가자 수풀로 우거진 곳이 나왔다.

순간 위상호의 눈이 커졌다.

그곳에는 강남사호가 있었다.

그런데 그들의 몰골이 말이 아니었다.

얼굴은 퉁퉁 부어 있었고 옷은 여기저기가 다 구멍이 나
있었다.

물론 강남사호의 얼굴에 부기가 아직 가라앉지 않은 것은
한빈에게 당한 상처가 꽤 깊어서였다.

하지만 그것을 위상호가 알 리 없었다.

위상호는 날이 선 목소리로 물었다.

"대체 어떻게 된 일이더냐?"

"가주님을 뵈옵니다."

"인사는 필요 없고 요점만 말하거라."

"그러니까……."

일호는 조심스럽게 변명을 이어 나갔다.

중간중간 위상호의 눈치를 보는 것도 잊지 않았다.

움막 안 한빈과 흑미랑의 앞에는 찻잔이 김을 모락모락 내고 있었다.

천천히 올라오는 찻잔의 김처럼 분위기도 여유가 있었다.

한빈의 앞에 있는 젊은 사내는 공손명후였다.

장운현에서 천독과의 결전 중에 만났던 바로 그였다.

한빈은 잠시 얼마 전 기억을 떠올렸다.

한빈은 장운현에서 공손수를 치료해 주며 연을 맺었었다.

와불로 강북의 정보를 모으던 공공문의 후손이자 당대의 대학자인 공손수.

그리고 그의 손자인 공손명후.

아직도 한빈의 기억 속에 선한 사람들이었다.

한빈은 힐끔 흑미랑을 바라봤다.

하오문 측은 한빈을 예언 속의 어떤 인물로 착각하고 있다.

재미있는 것은 공손수와 공손명후도 한빈을 똑같이 대했다는 것이다.

이쯤 되자 한빈도 우연으로 받아들이기가 힘들었다.

계속되는 우연은 누군가의 안배라 생각할 수밖에 없었다.

서로에 관해 묻던 한빈이 주위를 둘러보더니 고개를 갸웃했다.

"공손수 선생님은 어디 가셨나요?"

"하하, 황궁으로 들어가셨습니다. 덕분에 제가 모든 일을 맡게 되었습니다."

"어쩌다 암상을 맡게 되신 겁니까?"

"뭐, 저도 어쩌다 보니 그렇게 됐습니다. 얘기를 들어 보니 암상에 대해서 잘 알고 계신 것 같은데……."

"모두 다 아는 사실 아닌가요?"

"모두 다 알다니요?"

"사람들은 세금을 피하고자 암상을 이용한다고 생각하고 있죠. 뭐 그게 착각이라는 것은 알 만한 사람은 모두 알고 있습니다."

"흠, 팽 공자도 아신다는 거군요."

"암상은 황궁에서 운영하는 게 아닌가요?"

"오호, 설마 했는데 팽 공자께서는 정말 알고 계셨군요."

"물자의 동향을 파악하자면 암상을 직접 관리하는 것보다 좋은 일은 없죠. 대단위의 식량이 누군가의 손에 들어간다면……."

한빈은 슬쩍 말끝을 흐렸다.

지금 말한 대단위의 거래란, 암상에서 이루어지는 대량 거래보다 더 큰 단위를 말함이었다.

"네, 맞습니다. 그것은 반란의 시초겠지요."

"아마 오늘 그런 일이 벌어질 것 같습니다."

"음."

공손명후는 턱을 어루만졌다.

하지만 그의 표정은 변화가 없었다.

그것은 그가 정교하게 만들어진 인피면구를 쓰고 있기 때문이었다.

공손명후는 진시를 장원으로 합격할 만큼 학문에도 통달해 있지만, 변장에도 천재였다.

전생과는 달리 강호로 나오지 않고 나라의 일을 하고 있지만, 그의 능력이 사라진 것은 아니었다.

한빈은 그의 손을 바라봤다.

그의 손은 여인보다도 곱다.

한빈이 알려 준 무영수를 극성까지 익힌 것이 분명했다.

그 정도라면 저 나이에서는 적수가 없을 터.

아까 녹색 복면인이 증명해 보라고 한 것은 바로 무영수를 담장에 펼쳐 보라는 것이었다.

한빈이 펼친 무영수의 옆에는 공손명후가 만든 흔적도 있었다.

그 흔적을 보고 녹색 복면인은 한빈을 하북팽가의 사 공자라 인정한 것이었다.

공손명후의 심각한 표정을 본 한빈이 물었다.

"제가 찾아올 것을 알고 계셨나요?"

"언젠가는 오실 줄 예상하고 있었습니다."

"그럼 이런 일이 일어날 줄도 예상하고 계셨겠군요."

"제가 생각한 건 무림인 간의 일이지, 반란은 아닙니다."

"오해하셨군요. 제가 말씀드린 건 단순한 곡물의 거래입니다."

"그게 그 말 아닙니까? 무림인 사이의 다툼으로는 그런 대단위의 거래가 이루어지겠습니까?"

"전쟁은 아니지만, 백성을 궁지에 몰아넣으려는 사람들이 있습니다."

"그게 무슨 말입니까?"

공손명후가 눈을 가늘게 뜨며 상체를 기울였다.

공손명후는 반은 무림인이지만, 나머지 반은 관의 사람이었다.

그러니 백성의 이야기가 나오자 긴장할 수밖에 없는 것이다.

"제가 말씀드리려고 하는 것은 지금 하북을 중심으로 한 식량 부족 사태입니다."

"흠."

"그게 누군가의 의도라면 어떻게 하실 겁니까?"

"그럼 오늘 암상이 거기에 영향을 미친다는 겁니까? 혹시 오늘 열릴 암상을 닫아 달라는……."

"그 반대입니다."

한빈이 진득한 웃음을 짓자, 공손명후가 마른침을 삼켰다.

공손명후는 한빈의 저 표정을 잘 알고 있었다.

마치 장난을 거는 어린아이와도 같은 모습.

하지만 그 뒤에 밀려들어 올 파장은 한 지역이 들썩일 정도로 클 것이 분명했다.

이건 추상적인 의미가 아니라 진짜 들썩인다는 말이었다.

장운현에서의 지진이 한빈 때문에 났다는 것은, 몇몇만 아는 비밀이었다.

공손명후는 울상이 되었다.

"혹시 이곳도 날리실 겁니까?"

그 말에 한빈이 어이없다는 표정으로 그를 바라봤다.

"제가 무슨 사고만 치고 다니는 사람입니까?"

"그건 아니지만……."

공손명후는 말끝을 흐리며 조심스럽게 한빈의 표정을 살폈다.

순간 공손명후는 표정을 더욱 굳혔다.

눈치라면 어디에서 지지 않을 그였다.

그런데 지금 한빈의 표정은 사고를 칠 것이라 말하고 있었다.

그때 한빈이 입을 열었다.

"제가 부탁드릴 것은 다름이 아니라……."

한빈이 설명을 이어 나가자 공손명후의 눈이 한계까지 커졌다.

장원 내의 커다란 전각에 위상호가 들어갔다.

그 전각의 위에는 정사각형 모양의 현판이 붙어 있었다.

그 현판에는 '식(食)'이라는 글자가 음각되어 있었다.

오늘 위상호가 쓸어 담을 곡물이 거래될 곳이었다.

위상호는 주변을 둘러봤다.

암상에 모인 이들은 모두 가면을 쓰고 있었다.

위상호도 들어오기 전 가면을 쓴 상태.

그는 천천히 군데군데 놓인 의자 중 하나로 걸어갔다.

의자 위에는 '사(四)'라 적힌 깃발이 있었다.

위상호는 그 깃발을 들고 자리에 앉았다.

그는 힐끔 주변 상황을 살폈다.

대충 보니 다른 이들도 상황을 살피고 있었다. 눈이 마주
치자 상대는 재빨리 시선을 피한다.

강남사호는 풀이 죽은 채 위상호의 뒤에 기립해 있었다.

물론 그들도 가면을 쓰고 있었다.

가면 뒤의 얼굴은 시시각각으로 변하고 있었다.

가주는 분명히 오늘 밤이 지나면 벌을 내릴 것이다.

영호를 제거하라는 임무를 수행하지 못했으니 말이다.

뭐, 수행할 힘도 없었지만, 사실대로 말할 수는 없었다.

일호는 상황을 적당히 꾸몄다.

영호가 배신한 것이 아니라, 누군가에게 납치된 것이라고 말이다.

이것이 최선이었다.

그래도 가주는 벌을 내릴 것이다.

영호를 납치한 그 누군가를 추격하지 못했으니 말이다.

그래도 다행히 자신들이 입은 참담한 상처를 확인한 가주가 의심하지는 않았다.

아마도 가벼운 벌을 내릴 게 분명했다.

가면 속 일호의 표정이 시시각각 변하는 이유는 하나였다.

그것은 한빈이 전한 쪽지 때문이었다.

이곳에 도착하고 위상호와 잠시 거리가 떨어진 틈을 타 누군가 은밀히 자신에게 쪽지를 보냈다.

그 쪽지의 내용은 간단했다.

해약을 공급받으려면 위상호를 철저히 감시하라는 내용이었다.

부처님 손바닥 안이라는 것이 이런 것이었나?

그 서생은 자신들이 영단산으로 가지 않고 서생을 미행하다가 위상호에게 잡힐 것을 예상했다는 뜻이었다.

생각해 보니 등골이 서늘했다.

예정에 없는 이중 첩자 노릇을 해야 하다니!

거기에 보상은 고통을 없애는 것이 전부였다.

며칠 사이에 찬란하게 빛나던 먼 미래는 모두 허물어졌다.

그때였다.

가면 속 일호의 얼굴이 백지장이 되었다.

그것은 누군가를 본 이후였다.

가면으로 얼굴을 가리고 있는데 어떻게 상대를 알아본다는 말인가?

하지만 일호는 그 복장을 잊을 수 없었다.

그것은 바로 서생의 복장이었다.

참 재수 없게도 며칠 전이나 지금이나 흐트러짐이 하나도 없었다.

마치 내공으로 의복의 정갈함을 유지하는 듯한 착각마저 들었다.

그가 왜 여기에?

암상에 온 것은 알았지만, 다른 곳도 아닌 곡물 경매에 참여할 줄을 몰랐다.

오늘 열릴 암상은 크게 세 가지 부분이다.

그것은 바로 의(衣), 식(食), 주(住).

의는 의복과 장신구 그리고 희귀 물품의 경매가 열리는 자리였다.

대부분이 이곳에서 이루어지는 경매에 참여한다.

그리고 주는 장원과 땅을 거래하는 경매 장소이다.

주의 경매에서는 대부분 비밀 창고나 안가를 위해 익명의 거래를 한다.

마지막이 바로 식이라 불리는 곡물 시장이었다.

일호의 의문은 당연했다.

서생이 왜 곡물 시장에 온다는 것인가?

의문도 잠시, 일호는 힐끔 위상호를 바라봤다.

분명히 위상호의 거래를 방해하려고 온 것이 분명했다.

일호는 서생이 모든 곡물을 가져갈 것이라 믿어 의심치 않았다.

저런 악랄한 성격이라면 어떤 방법을 써서든 이번 거래를 휩쓸 것이었다.

그렇다면 자신의 가주인 위상호는 닭 쫓던 개 지붕 쳐다보는 꼴이 될 것이었다.

그때 누군가가 앞으로 나왔다.

토끼 가면을 쓴 자였다.

그는 학자 복장을 한 자로, 그냥 보기에도 기품이 흘러나왔다.

그가 바로 오늘 곡물 시장의 진행자였다.

물론 그는 공손명후였지만, 다른 이들이 알 리 없었다.

그의 뒤에는 여러 개의 물건이 보자기에 덮여 있었다.

그것은 곡식이 들어찬 창고를 나타내는 표식이었다.

그 표식을 경매에서 취하면, 암상은 경매의 승자에게 창고의 지도와 열쇠를 준다.

암상의 이런 방식은 철저하게 익명성을 보장하기 위해서

였다.

일호는 주변을 쓱 살폈다.

곡물 경매에 참여한 이들은 스무 명 남짓.

생각보다 치열하지는 않을 것 같았다.

드디어 토끼 가면을 쓴 자가 앞으로 나왔다.

"경매에 참여해 주신 상인 여러분께 먼저 감사드립니다. 저희 암상의 곡물 경매는 철저하게 익명성이 보장되니 걱정하지 마시고 입찰해 주시기 바랍니다. 먼저 첫 번째 상품부터 진행하도록 하겠습니다. 첫 번째 상품은……."

토끼 가면을 쓴 공손명후가 경매 방식에 관해 설명을 이어 나갔다.

공손명후는 설명을 마치고 뒤쪽으로 걸어가 첫 번째 보자기를 걷어 냈다.

그곳에는 가마니 위에 숫자가 적힌 깃발이 있었다.

십(十).

순간 장내가 술렁이기 시작했다.

십이란 십 섬을 뜻하는 거래 단위.

한 섬은 보통 장정 한 명이 일 년 동안 소비하는 양이었다. 무게로 치면 대충 이백사십 근에 달하는 양이다.

그러니 십 섬은 이천사백 근에 달한다.

많다면 많을 수도 있겠지만, 이곳 암상에서 거래하는 양치
고는 너무 적었다.

　하지만 암상을 욕할 수도 없는 것이, 경매에 내보낼 곡식
의 양을 결정하는 것은 경매를 의뢰한 자의 권한이지 암상의
권한은 아니었다.

　경매는 순조롭게 진행되었다.

　하지만 위상호의 표정은 가면 갈수록 구겨졌다.

　계속해서 단위가 줄어든 것이었다.

　위상호는 암상의 곡물 경매에 몇 번 참가한 적이 있었다.
그의 경험 중 이렇게 적은 단위로 거래된 적은 없었다.

　위상호는 자신도 모르게 마른침을 삼켰다.

　그때였다.

　토끼 가면의 사내가 마지막 보자기를 걷어 냈다.

　순간 모두의 눈이 커졌다.

　그곳에는 지금까지 거래되었던 양을 초월하는 숫자가 적
혀 있었다.

　이천(二千).

　사람들이 술렁이기 시작했다.

　"허허, 저걸 누가 입찰하나?"

　"저걸 보관할 창고가 있는 사람이 몇이나 된다고?"

　"이번 경매는 조금 이상하네그려."

　모두가 한마디씩 할 때, 위상호만은 입가에 호선을 그렸다.

이번 곡물만 손에 넣으면 강북은 자신의 손에 들어올 것이다.

식량을 장악하고.

돈줄을 통제한다.

그리고 결국에는 사람을 움직인다.

이것이 위상호의 계획이었다.

눈치를 보니, 너무 큰 거래 단위에 모두가 의지를 잃고 있었다.

토끼 가면의 사내가 경매를 시작했을 때였다.

이제까지 가만히 있던 서생 복장을 한 사내가 숫자가 적힌 깃발을 들어 올렸다.

순간 위상호의 눈썹이 꿈틀댔다.

그는 망설임 없이 깃발을 들었다.

마지막 경매는 그렇게 시작되었다.

토끼 가면 속 공손명후는 힐끔 한빈을 바라봤다.

그는 사실 한빈의 부탁이 이해가 되지 않았다.

한빈의 부탁은 두 가지였다.

첫 번째는 여러 번에 나눠서 나가야 할 곡물의 양을 한 번에 몰아달라는 것이었다.

뭐, 그리 들어주기 어려운 부탁은 아니었다.

암상의 경매장에 나온 곡물의 주인은 황실이었다.

그 곡물의 경매는 공손명후가 조절할 수 있는 권한이 있었다.

공손명후는 적은 양의 곡물이 오간 경매에서 한빈이 손을 쓸 줄 알았다.

그런데 한빈은 두 손을 놓고 구경만 하고 있었다.

공손명후는 그런 한빈을 이해할 수 없었다.

하북의 곡물 시장이 아슬아슬하게 돌아간다는 것은 공손명후도 알고 있었다.

앞선 곡물을 손에 넣었다면 하북팽가는 식량 걱정 없이 겨울을 날 수 있을 게 분명했다.

혹시?

공손명후는 토끼 가면 속의 눈을 가늘게 떴다.

어쩌면 가장 주시해야 할 사람이 하북팽가의 사 공자일지도 모른다는 생각에서였다.

마지막 남은 곡물은 이제까지 거래되었던 양의 열 배.

그만큼 사람들의 눈치 싸움이 치열해졌다.

경매가 시작되자 저마다 계속 깃발을 들며 응찰을 한다.

휙, 휙.

깃발을 올리는 속도가 제법 빨라졌다.

그것도 잠시, 황금 백 냥이 넘어가자 사람들의 손은 점점 느려졌다.

하지만 딱 둘만은 눈치를 안 보고 응찰을 나타내는 신호를 보내고 있었다.

공손명후의 머릿속에는 의문이 쌓여 갔다.

지금 깃발을 들고 있는 둘이 누군지 공손명후는 알고 있었다.

'사'라는 숫자가 적힌 깃발을 들고 있는 것은 위씨세가의 가주였고, '구'라는 쓰인 숫자의 깃발을 들고 있는 것은 하북팽가의 사 공자였다.

이곳 암상이 익명성이 보장되는 곳이라면 그것은 반만 사실이었다.

강호인들 간의 익명성은 철저히 보장된다.

하지만 나라는 그들이 무엇을 위해 구매하는지.

그들의 자금 출처는 어디인지 등을 훤히 꿰뚫고 있어야 한다.

서로의 목에 칼을 겨누는 것은 나라가 중재할 상황은 아니었다.

반역에 준하는 묘한 낌새가 비쳤을 때만 황제에게 보고되는 것이 규칙이었다.

경매는 천천히 진행되었다.

단위가 높았기에 생각할 틈을 줘야 했다.

재미있는 것은 하북팽가의 사 공자는 조금의 망설임도 없었다는 것이다.

획.

다시 깃발이 올라갔다.

공손명후는 헛기침을 한 번 한 후 말을 이었다.

"흠, 이제부터는 단위를 바꿔 보겠습니다. 황금 열 냥 단위로 올리겠습니다. 황금 백 냥까지 나왔으니 황금 열 냥 단위로 호가를 정하지요. 황금 백열 냥 있으십니까?"

획.

위씨세가의 위상호가 깃발을 들어 올렸다.

눈 깜짝할 사이에 하북팽가의 사 공자가 따라 깃발을 들어 올렸다.

그것이 시작이었다.

이번 경매의 경쟁자는 단둘만이 남았다.

위상호는 깃발을 들면서도 맹렬하게 머리를 굴리고 있었다.

자신이 이 많은 곡물을 손에 넣으려는 것은 하북에서 시작해서 강북 전체를 집어삼키려는 것이지.

자신이 손해 보려는 것은 아니었다.

위상호에게는 딱 정해진 선이 있었다.

그리고 경매 가격은 그 선을 향해서 거침없이 솟구치고 있었다.

위상호는 지금의 일이 이해가 되지 않았다.

이 모든 판은 자신이 설계한 것이었다.

그런데 그 판을 깨려고 들어온다?

위상호는 여우 가면을 쓴 자를 바라봤다.

그는 '구'라 쓰인 깃발을 든 자였다.

위상호는 왜 그자가 아홉이란 숫자가 적힌 깃발을 들었는지 알 것만 같았다.

그자는 구미호였다.

그자의 의도는 두 가지로 볼 수 있었다.

위상호가 깔아 놓은 판에 숟가락을 올려놓으려는 자. 아니면 자신의 정체를 알아보고 훼방 놓으려는 경쟁 가문이 분명했다.

하지만 이제는 생각할 틈이 없었다.

여우 가면을 쓴 자가 깃발을 드는 속도가 더욱 빨라졌기 때문이었다.

경매장 안의 긴장감은 최고조로 달했다.

그중 가장 긴장한 것은 사실 위상호가 아니었다.

가장 긴장한 것은 강남사호 중 일호였다.

그는 몰래 경매장의 뒤편에 주머니 하나를 가져다 놓았다.

그 주머니를 집어 간 것은 흑미랑.

흑미랑은 씩 웃으며 일호에게 눈짓했다.

빨리 돌아가라는 신호였다.

그들만이 아는 은밀한 거래였다.

일호는 이를 악물었다.

가주 위상호가 경매 때문에 정신이 팔린 틈을 타서 총관이 들고 있던 전낭을 슬쩍한 것이다.

이 모든 것이 서생이 내린 지시 때문이었다.

이제는 서생의 편에 설 수밖에 없는 일호였다.

은밀한 거래가 이루어지는 가운데, 경매장이 웅성대기 시작했다.

갑작스러운 변화가 나타난 것이다.

줄기차게 깃발을 들던 여우 가면의 사내가 고개를 흔들며 경매를 포기했다.

동시에 진행을 하던 토끼 가면의 사내가 위상호를 가리켰다.

"사 번 깃발의 참가자께서 마지막 곡물의 주인이 되셨습니다. 경매가 마무리되는 대로 만금 전장의 전표로 해당 금액을 입금해 주시기 바랍니다."

그의 말에 위상호는 입꼬리를 올렸다.

기세등등해진 위상호와 달리, 공손명후의 가면 뒤 표정은 변화무쌍했다.

지금의 거래를 어떻게 해석해야 할지 몰라서였다.

기껏 불을 질러 놓고 마지막에는 내뺀다라?

⚘

경매가 끝난 전각의 뒤편.

그곳에서는 암상의 상주 공손명후와 경매의 승자가 된 위상호가 가면을 쓴 채 마주 보고 있었다.

경매의 승자는 즉시 경매장의 뒤편에서 돈을 지급하고 열쇠와 창고의 위치가 표시된 지도를 넘겨받는다.

만약에 경매의 승자가 돈을 지급할 능력이 없다면?

경매에서 두 번째로 높은 가격을 부른 자에게 돌아가게 된다.

즉, 여우 가면을 쓴 자에게 곡물이 넘어가게 된다는 것이다.

여기까지가 공손명후가 한 설명이었다. 그는 설명의 마무리를 위해 다시 입을 열었다.

"주셔야 할 액수는 황금 오백 냥입니다."

말을 마친 공손명후는 곰 가면을 쓴 위상호를 바라봤다.

그것은 한빈의 두 번째 부탁 때문이었다.

곰 가면을 쓴 위상호가 옆에 총관으로 보이는 이에게 턱짓한다.

총관은 재빨리 품 안을 뒤진다.

하지만 그것도 잠시, 총관의 당황한 눈빛이 가면 너머로 삐져나왔다.

"가, 가……. 전낭이 없어졌습니다."

"지금 뭐라 했느냐?"

위상호도 당황한 듯 총관을 바라봤다.

자신이 모든 판을 짰다지만, 총관이 돈을 잃어버릴 것까지 예측할 수는 없었다.

그때 토끼 가면을 쓴 공손명후의 눈빛도 살짝 떨렸다. 한 빈은 누군가가 돈이 부족하면 계약서와 함께 돈을 빌려주라 부탁했다.

그렇다면?

공손명후는 재빨리 말을 이었다.

"혹시 지급할 능력이 없으십니까? 암상에서는 드문 일이 군요."

"잠시만 기다리시오."

손을 들어 말을 막은 위상호는 재빨리 총관에게 눈짓했다.

총관은 어찌할 바를 모르고 고개를 저었다.

상황은 본 공손명후가 슬쩍 운을 띄웠다.

"자주 있는 일은 아니지만, 혹시 돈을 빌리시겠다고 하면 주선을 할 수는 있습니다."

"그게 무슨 말이오?"

"저희 암상이 중계하는 품목 중에는 돈도 포함되니까요. 그런데 황금 오백 냥이라면 딱 한 곳밖에는 없군요."

공손명후는 슬쩍 계약서를 내밀었다.

이것은 물론 한빈이 미리 공손명후에게 건네준 계약서였다.

위상호는 지체 없이 그 계약서를 읽었다.

순간 위상호의 눈이 가늘어졌다.

글씨체는 낯설었지만, 내용이 묘하게 그의 감정을 자극했다.

돈을 못 갚으면 가문을 내놔야 한다는 것이 주요 골자였다.

하지만 위씨세가는 황금 오백 냥에 무너질 가문이 아니었다.

위상호는 재빨리 그곳에 서명했다.

그 모습에 공손명후는 전낭을 내밀었다.

잠시 후, 그 전낭은 다시 공손명후에게 왔다.

이리 복잡한 절차를 거치는 것은 서로 간의 계약 관계를 명확히 하기 위해서였다.

암상은 그저 중계만 한다는 명확한 증거를 남겨야 했다.

마지막으로 공손명후는 위상호에게 지도와 열쇠를 넘겼다.

모든 거래가 끝나고 공손명후가 처소로 돌아갔을 때 한빈이 나타났다.

"공손 공자, 고맙습니다."

"뭐, 팽 공자님의 부탁이라면 이보다 더한 일이라도 도와

야지요."

"정말입니까?"

"그, 그건 나중에 상황을 봐 가면서 도와드린다는 말씀이었습니다."

공손명후는 재빨리 손을 내저었다.

오늘은 별일이 없었지만, 한빈을 아무 조건 없이 돕다가는 목이 열 개라도 부족할 수 있다는 생각이 들어서였다.

그 모습에 한빈이 웃었다.

"하하. 오늘은 오래간만에 봤는데, 술이나 한잔하죠."

"그럽시다. 그런데……."

공손명후가 문 앞에 아른거리는 그림자를 바라봤다.

"혹시 저분은 안 불러도 되겠습니까?"

"뭐, 공손 공자가 괜찮다면 부르겠습니다."

말을 마친 한빈은 손가락을 튕겼다.

딱.

순간 밖에 있던 흑미랑이 문을 열고 들어왔다.

흑미랑이 중간에 끼었지만, 오랜만이었던 둘의 술자리는 식을 줄 몰랐다.

서로 술잔을 주거니 받거니 하던 중, 공손명후는 뭔가 생각났는지 눈을 가늘게 떴다.

"팽 공자님, 그런데 아까 나간 위씨세가 사람들은 그냥 놔두시는 겁니까?"

"원래 밥이 익으려면 마지막 뜸이 중요한 법이지요. 다급하게 솥을 열면 밥이 설익기 마련입니다."

"흠……."

공손명후는 헛기침하며 뭔가 알겠다는 듯 빙긋 웃었다.

그 모습에 흑미랑은 눈을 멀뚱거리며 둘을 번갈아 봤다.

호기심이 그녀의 머리끝까지 차올랐다.

하지만 하오문 호북 지부를 책임지는 수장으로서 도저히 어찌 된 일이냐고 물어볼 수는 없었다.

한참 동안 술을 마시던 중, 한빈이 눈을 가늘게 떴다.

그 모습에 공손명후가 물었다.

"왜 그러십니까? 팽 공자님."

"위상호 가주가 급했나 보네요."

"위상호 가주라니요?"

"황급히 방향을 바꿔 하북으로 향한 것 같습니다."

"그걸 어떻게 아십니까? 팽 공자님."

"그건 비밀입니다."

한빈이 피식 웃었다.

그러고는 자리에서 일어났다.

"어딜 그렇게 황급히 가십니까?"

"떨어진 이삭을 주워 먹으러 갑니다. 그리고 그 계약서는 제게 주시지요."

한빈이 손을 내밀자, 공손명후가 위상호가 날인한 계약서를 건넸다.

한빈은 그 계약서의 향기를 음미하듯 코끝에 갖다 대더니 품속에 넣었다.

그러고는 자리에서 사라졌다.

사사 삭.

동시에 흑미랑도 한빈의 뒤를 따랐다.

흔들리는 호롱불 아래 이제 공손명후의 그림자만이 남았다.

그는 달빛 사이로 사라진 한빈을 보며 아쉬운 듯 한숨을 내쉬었다.

*

한빈이 향한 곳은 저잣거리였다.

한빈의 뒤에는 장신구처럼 따라오는 이가 있었다.

그는 바로 영호였다.

강남사호에게 몽유병과 약에 관한 사정을 들었지만, 영호는 그것을 한빈에게 말할 수 없었다.

영호는 강남사호의 무위를 알고 있었다.

정면 대결에서는 영호가 일호와 동수를 이룬다.

그런데 그런 일호, 아니 강남사호 전체가 한빈을 당해 내지 못했다고 한다.

그러니 지금 아는 척을 해 봤자 달걀로 바위 치기였다.

영호는 한빈에게 심인멸혼단에 관해서 물어보려고 눈치를
보고 있었다.

그동안 한빈은 휘적휘적 인적이 드문 저잣거리를 걸어 다
니며 주변을 살폈다.

저잣거리에는 아직 사람의 흔적이 없었다.

그 모습에 흑미랑이 물었다.

"공자님, 뭐 하세요? 이 시간에 누가 있다고요."

"새벽에 가장 먼저 일어나는 이들은 이곳에서 누굴까요?"

"그야 장사치들이죠."

흑미랑이 굳게 닫힌 점포들을 가리켰다.

그녀의 말은 누가 봐도 사실이었다.

마을에서 가장 부지런한 이들은 장사꾼들이었다.

하지만 한빈은 고개를 흔들었다.

"그게 아닙니다, 흑 소저."

"그럼 누가 제일 부지런한데요?"

"바로 거지들이지요."

한빈은 씩 웃으며 담벼락 아래를 가리켰다.

그곳에는 한빈의 말대로 거지가 꾸벅꾸벅 졸고 있었다.

그 모습을 본 흑미랑은 기가 막혔다.

저건 부지런한 게 아니라 게으른 것이었다.

게을러서 움막으로도 기어 들어가지 못해 꾸벅꾸벅 조는

거지가 분명했다.

한빈이 그 거지의 앞에 섰지만, 거지는 꿈쩍도 안 하고 졸고 있다.

그 모습을 본 한빈은 매듭을 하나 꺼내 거지의 눈앞에 흔들었다.

그것은 붉은색 매듭이었다.

한빈이 거지의 눈앞에 붉은색 매듭을 살랑살랑 흔들었지만, 거지는 미동도 하지 않는다.

그 모습을 보던 흑미랑이 씁쓸하게 웃었다.

"아, 공자님. 이 거지는 부지런한 게 아니잖아요. 허리에 매듭도 없는 걸 보면 개방의 거지도 아니고요."

"잠시 기다리시죠."

한빈은 씩 웃으며 품에서 철전 한 닢을 꺼냈다.

그는 철전을 거지의 코앞에 갖다 댔다.

순간 거지가 게슴츠레 눈을 떴다.

거지의 손이 서서히 철전에 향하다가 갑자기 빨라졌다.

휙.

순간 흑미랑이 눈을 크게 뜨며 외쳤다.

"저건, 구걸응조수?"

흑미랑의 말에도 거지는 손을 멈추지 않았다.

한빈과 거지는 빠르게 한 수씩을 주고받았다.

구걸응조수.

이 초식은 매가 먹이를 낚아채듯 넙죽 받아먹는 개방의 조법이었다.

거지는 구걸응조수로 먹이를 낚아채듯 덤벼들었다.

물론 먹이는 한빈이 아닌, 한빈이 가지고 있는 철전이었다.

한빈은 아무렇지 않게 그의 손을 피해 상하좌우로 움직였다.

휙, 휙.

한빈과 거지의 손이 허공에서 복잡하게 얽혔다.

잡힐 듯하면서도 한빈의 손은 눈 깜짝할 사이의 구걸응조수에서 벗어났다.

우연인지 고의인지는 모르겠지만, 잡힐 듯하면서도 안 잡히는 모습이 마치 거지를 놀리려는 것 같았다.

그 모습을 바라보던 흑미랑은 눈을 가늘게 떴다.

구걸응조수는 개방의 제자 중에도 사결 제자 이상만 익힐 수 있는 수법이었다.

거기에 지금 철전을 낚아채려는 거지의 수법은 누가 봐도 고강했다.

그런데 매듭도 없는 거지가 어떻게…….

물론 더 놀라운 것은 한빈이 거지에게 철전을 내주지 않는다는 점이었다.

물론 그녀는 지금의 수법이 한빈의 전광석화라는 것을 알 수 없었다.

사천 지부의 백미랑에게 정보를 받기는 했어도, 하북팽가 사 공자의 무공 성취가 이렇게 높을 줄은 몰랐었다.

이건 초식 같으면서도 초식이 아니었다.

미꾸라지처럼 공격에서 벗어나는 수법은 단순한 운이 아니었다.

흑미랑의 눈이 점점 커졌다.

그녀의 눈이 한계까지 커졌을 때였다.

거지의 숨이 거칠어졌다.

"헉, 헉."

마치 복날 강아지처럼 거지는 땀을 흘리고 있었다.

아무것도 아닌 철전 쟁탈전 때문에 거지는 체력의 한계를 맞이한 것이다.

거지는 마치 점혈을 당한 것처럼 허공을 향한 손 그대로 멈춰 있었다.

한빈은 손을 멈추고 그윽한 눈으로 거지를 바라봤다.

그들의 모습에 흑미랑은 그녀대로 놀라 눈을 크게 떴다.

시간이 멈춘 듯 모두의 동작이 멈춰 있을 때, 거지가 입을 열었다.

"주려면 주고 말려면 말지, 이게 무슨 짓이요. 자는 거지 깨워 놓고…….."

물레방아 돌듯 거지의 입은 쉬지 않았다.

그도 그럴 것이 곤히 자고 있었는데 돈 냄새로 깨워 놓고는 놀려 대었으니, 거지 입장에서는 기가 찰 노릇이었다.

거지가 억울한 표정으로 바라보자, 한빈이 말을 이었다.

"잘 지냈습니까?"

"초면에……. 잘 지냈냐니? 그게 무슨 말이요?"

"우리가 초면인가요?"

"어, 어디서 본 얼굴인데……."

슬쩍 말끝을 흐리는 거지를 본 한빈이 씩 웃으며 말을 이었다.

"하늘은 높고……."

"땅은 넓으니."

거지가 반사적으로 답을 하자, 한빈도 씩 웃으며 다시 말을 이었다.

"내가 있는 곳이 집이요."

"하늘은 천장이네."

말을 마친 거지가 물끄러미 한빈을 바라봤다.

그것도 잠시, 거지의 눈이 커졌다.

"헉, 그 목소리는……."

"네, 맞습니다."

"팽 공자가 여기는 웬일입니까? 그 얼굴은 또 뭐고요? 변장한 겁니까?"

거지는 한빈을 아래위로 살폈다.

그 모습에 한빈이 사람 좋은 얼굴로 말을 이었다.

"그러는 소개는 여기에 무슨 일입니까?"

한빈이 상대를 보며 씩 웃었다.

그는 사천 나루터에서 봤던 개방의 소개였다.

사천의 정보를 총괄하는 그가 왜 여기에 왔는지는 아직 모른다.

한빈의 질문에 소개는 뭔가 생각났는지 조용히 하늘을 바라봤다.

몇 달 전 있었던 나루터에서의 싸움을 소개는 똑똑히 기억하고 있다.

사실 소개는 한빈과의 만남을 기연이라 생각하고 있었다.

소개는 사천의 정보를 담당하던 개방의 사결 제자였다.

그는 나루터에서 한빈이 건넨 야명주 덕분에 며칠은 행복했다.

그 정도의 야명주면 사천의 거지들이 등 따습고 배부르게 편안히 몇 해 겨울을 보낼 수 있었다.

하지만 편안이라는 말과는 거리가 멀었다는 것을 바로 며칠 뒤에 알게 되었다.

한빈의 요구는 개방에 계속 날아왔다.

한빈이 직접 소개에게 전한 것은 아니지만, 개방은 무지막지한 임무에 시달려야 했다.

덕분에 개방의 원로인 홍칠개는 야명주를 받아먹은 놈이

알아서 처리하라는 말을 남긴 채 사라졌다.

덕분에 그가 지금 이곳에 있는 것이었다.

한빈이 띄우는 전서구를 중심으로, 소개는 계속해서 이동해 왔던 것이다.

거기에 정보도 수집해야 하니 움막에 들어가서 쉴 틈이 없었다.

야명주를 혼자 먹은 것도 아니고…….

소개는 눈물이 아른거렸다.

그런데 한빈을 여기에서 만난 것이다.

거기에 변장을 한 듯한 저 모습은 뭐란 말인가?

눈앞을 덮은 희미한 눈물 사이로 한빈이 웃고 있었다.

그 웃음 띤 얼굴로 한빈이 다시 물었다.

"괜찮으십니까? 소개."

"저는 괜찮습니다. 그건 그렇고 규칙은 규칙이니……."

소개는 손을 슬쩍 내밀었다.

한빈은 그의 손에 철전을 놓았다.

툭.

소개는 눈을 가늘게 뜨며 황당하다는 듯 한빈을 바라봤다.

"아니, 이거 말고요."

"아, 장기짝 말이군요. 그건 지난번에 써서 없습니다."

한빈이 씩 웃었다.

소개가 말한 장기짝은 개방의 정보원들과 접선할 때 쓰이는 도구였다.

한빈은 지난번 사천의 나루터에서 그 장기짝을 썼었다.

소개가 시선을 피하며 한마디 던진다.

"그럼 장기짝을 찾고 나서 오시지요."

"혹시 이 붉은 매듭 말입니다. 눈에 많이 익지 않은가요?"

"붉은 매듭이야. 뭐……."

소개가 말끝을 흐리며 코끝을 실룩였다.

그 모습에 한빈이 씩 웃었다.

"매우 익숙하지요. 우리 사부님의 징표입니다. 그런데 그냥 모른 척하시겠다고요?"

"헉."

헛숨을 들이켠 소개가 손을 내저었다.

그 모습에 한빈은 그에게 서찰 하나를 건넸다.

"이대로만 해 주시면 됩니다. 지금 펴 보셔도 됩니다."

"이게 무슨……."

서찰을 펴 보던 소개가 눈을 크게 떴다.

서찰에 적혀 있는 것은 누군가 곡물을 뿌린다는 것이었다.

더해, 장소와 일시까지 적혀 있었다.

소개는 표정을 수습하고 물었다.

"청운사신이 중생을 가엾게 여기셔서 망원 평야에 곡물이 뿌린다는 말씀이……."

소개는 고개를 흔들었다.

한빈은 그의 눈앞에서 사라진 후였다.

자세히 보니 저 멀리 두 개의 점이 보인다.

아마도 한빈과 옆에 있던 여인인 것 같았다.

소개는 자리에서 일어났다.

한빈의 경공에 감탄하고 있을 때가 아니었다.

청운사신이 뿌린다는 곡식의 양은 어마어마했다.

이것은 무림 역사에서 찾아볼 수 없는 대규모의 자선사업이었다.

이틀 후, 망원 평야.

이곳이 망원이라 불리는 이유는 간단했다.

울창하게 뻗은 갈대 덕분에 원망도 묻힌다는 전설 때문이었다.

고사에 따르면 한과 초가 대규모의 전쟁을 벌이다가 울창하게 자란 갈대 때문에 아군과 적군을 몰라보고 전쟁을 멈췄다고 한다.

그때부터 이곳은 망원이라 불리었다.

사람들은 넓게 펼쳐진 갈대밭을 보며 그것이 모두 곡물이었으면 어떨까를 상상한다.

하지만 갈대 이외에 어떤 종자도 이곳 땅이 허용하지 않았다.

어찌 보면 저주받았다고 할 수도 있는 곳.

중요한 점은 호북에서 하남을 넘어가는 대규모 상단이 이 곳을 지난다는 점이었다.

한과 초의 전쟁 이후 이곳에서는 암묵적으로 살상이 금지된 곳이기 때문이었다.

그런 암묵적인 규칙 덕분에 상단은 이곳을 지나갈 때만은 마음을 놓을 수 있었다.

그 갈대밭을 세 명이 가로지르고 있었다.

휙휙.

갈대 사이를 지나는 두 남녀의 뒤에는 한 사내가 따르고 있었다.

그는 연신 부스럭 소리를 내며 숨을 몰아쉬었다.

"헉헉."

그 숨소리의 주인공은 바로 영호였다.

영호는 지금 미칠 것만 같았다.

서생의 정체가 하북팽가의 사 공자라는 것을 안 것은 불과 이틀 전이였다.

정체를 알게 되자마자 한 일은 바로……

계약서를 쓰는 일이었다.

말 한마디로는 천 냥 빚을 갚지만, 문서로는 만 냥 빚도 갚을 수 있다는 것이 바로 하북팽가 사 공자가 남긴 말이었다.

위씨세가에서 앙숙이었던 강남사호가 자신과 같은 처지라는 것을 확신하게 된 것도 바로 그 계약서를 본 순간이었다.

계약서의 예시라고 보여 준 게 강남사호 중 일호가 쓴 것이었다.

한마디로 철저한 노예 계약.

차라리 호북의 만금 전장에 조금만 늦게 갔더라면?

아니, 서생으로 보이는 저 악적의 돈에 욕심을 내지 않았더라면?

영호는 계속 그때의 장면을 떠올리며 후회했다.

그때였다.

앞서가선 한빈과 흑미랑이 멈췄다.

탁.

갑작스럽게 정지하자 영호의 몸이 앞으로 확 쏠렸다.

그때 한빈이 그의 어깨를 잡아 주었다.

순간 영호는 고개를 갸웃했다.

어깨를 잡은 한빈의 손에서 따뜻한 기운이 느껴졌기 때문이다.

사실 며칠 동안의 일을 떠올려 보면 한빈이 자신에게 해코지한 적은 없었다.

심인멸혼단을 먹인 것은 제외하면 말이다.

뭐, 세상에 둘도 없는 극독을 먹은 것은 어쩔 수 없다고 생각해야 했다.

그것만 빼면 한빈은 그리 나쁜 사람이 아닌 것 같았다.

자신이 한빈을 죽이려던 것에 비하면?

한빈은 도리어 관용을 베풀고 있었다.

저 정도의 고수가 자신이 해코지하려는 것을 몰랐다?

그것은 절대 아닐 것이었다.

하북에서 생불이라 불리던 한빈의 명성이 사실일지도 모른다는 확신이 들었다.

그때였다.

한빈이 나지막한 목소리로 말했다.

"영호 무사, 항상 몸을 잘 챙겨야지."

이제 한빈은 말도 놓았다.

어찌 보면 주종 관계에 있어 당연할 일.

영호는 아무렇지 않게 고개를 끄덕였다.

"명심하겠습니다, 주군."

"그래, 항상 조심해야 해. 내가 죽으라고 하기 전까지는 죽을 수도 없다는 거 명심하고."

"아, 알겠습니다."

영호는 작게 고개를 숙였다.

그때 한빈이 단검 하나를 건넸다.

"자, 이거 가지고 가서 바닥 좀 뚫어."

"뚫다니요?"

한빈은 멀리서 오는 수레를 가리켰다.

한빈이 가리키는 곳에는 갈대가 흔들리고 있었다.

하지만 수레 위에 곧게 솟은 깃발 덕분에 그것이 누구의 수레인지는 어렵지 않게 알 수 있었다.

그 깃발은 바로 위씨세가의 깃발이었다.

그때 한빈이 영호의 어깨를 쳤다.

탁.

밀듯이 치는 한빈의 동작에 영호가 앞으로 튕겨 나갔다.

순간 영호는 고개를 갸웃했다.

한빈의 뒤를 따라올 때는 몰랐는데 이상하리만큼 몸이 가볍게 느껴졌다.

영호는 재빨리 진기를 다리에 집중시키고 경공을 펼쳤다.

순간 영호가 갈대 사이로 사라졌다.

사사 삭.

세 시진 뒤. 수레가 모두 지나갔지만, 한빈은 팔짱을 낀 채 자리에서 움직이지 않았다.

사실 이 부분에 있어 흑미랑도 산더미처럼 의문을 가졌다.

팔짱을 끼고 강태공처럼 갈대숲을 바라보고 있는 한빈에게 흑미랑이 물었다.

"공자님, 어떻게 위상호가 저 무리에 없다는 걸 아신 거예요?"

이 질문은 중요했다.

저 무리에 위상호가 있었다면 영호가 수레의 바닥에 구멍을 내지 못했을 테니까.

한빈이 씩 웃으며 답했다.

"느낌입니다."

물론 거짓말이었다.

한빈이 공손명후에게 전한 계약서.

즉 위상호가 서명한 계약서에는 천리추종향이 묻어 있었다.

덕분에 한빈은 위상호가 자리를 비웠음을 알고 있었다.

만약 위상호가 있었다면 영호는 목숨을 부지하지 못했을 것이었다.

한빈이 아무렇지 않게 말하자, 옆에서 듣고 있던 영호는 입을 떡 벌렸다.

그 모습에 피식 웃은 흑미랑이 말을 이었다.

"아, 느낌이군요. 그런데 지금 누굴 기다리시는 거예요?"

"배고픈 사람들을 기다리고 있습니다."

한빈이 빙긋 웃을 때였다.

멀리서 인기척이 들리기 시작했다.

칼을 가는 공자님

망원 평야의 울리는 무수히 많은 발소리.

타다닥, 타다닥.

흑미랑은 손으로 햇빛을 가리며 소리가 들려오는 방향을 바라보며 말했다.

"혹시 전쟁이라도 난 건가요?"

"어쩌면 그럴지도요."

한빈이 씩 웃자 옆에서 대화를 듣던 영호가 미간을 좁혔다.

"자리를 피해야 할 것 같습니다. 저 정도의 함성이면……."

"좋은 구경 놔두고 어딜 가요?"

흑미랑이 영호에게 핀잔을 주듯 말했다.

영호는 한숨을 내쉬며 소리가 나는 쪽을 가리켰다.

"지금 흑미랑 누님이 전쟁이라고 하지 않았소? 그러니 내 빼야지, 여기서 이러고 있으면 어떻게 합니까?"

"내가 전쟁이라고 한 건 그 정도로 치열하다고 한 거지, 진짜 전쟁이라고 한 게……."

흑미랑이 말끝을 흐리며 눈매를 좁혔다.

그 눈빛이 예사롭지 않기에 영호는 움찔하면서 뒤로 물러났다.

"왜 그러십니까? 누님."

"지금, 왜 자꾸 누님이라고 해요? 내가 당신보다 나이가 더 많아 보여요?"

흑미랑의 눈빛은 폭발 직전이었다.

대답을 기다리며 흑미랑은 자신의 얼굴을 매만졌다.

하루가 다르게 거칠어지는 피부.

이제는 면사를 벗고 다녀도 누구 하나 눈길을 주지 않는다.

전에는 자신의 미모가 부담스러웠는데, 이제는 점점 거칠어지는 자신의 피부가 부담스러운 그녀였다.

얼굴을 만져 보면 마치 모래알을 더듬는 듯한 느낌마저 들었다.

그런데 영호가 누님이라 하자 그녀는 발끈할 수밖에 없었다.

"그러니까……."

영호는 말을 맺지 못하고 입술만 달싹였다.

어떤 대화를 하더라도 그것은 오답 같았기에 섣불리 답할 수 없었다.

"왜 말을 못 해요?"

"강호라는 게 무공의 고하에 따라 신분이 정해지는 것 아니겠습니까? 딱 봐도 저보다 흑 누님이 고수이신데……."

영호는 중간에 말을 끊고 흑미랑의 눈치를 살폈다.

그제야 흑미랑이 납득이 간다는 듯 고개를 끄덕이자, 영호가 재빨리 하던 말을 이었다.

"당연히 누님이라고 불러야죠."

"흠, 그건 그런데, 그냥 흑 소저라고 부르세요. 누님이라고 하니까 괜히 제가 나이 든 것 같잖아요."

"아, 알겠습니다. 흑 누, 아니 소저."

영호가 깊숙이 포권했다.

이런 정중한 자세는 모두 계약서에서 비롯된 것이다.

영호는 강남사호 중 일호가 전한 그 끔찍한 고통이 꼭 자신의 것인 것 같았다.

살짝 어깨를 떨던 영호의 눈이 커졌다.

"저, 저기 보십시오. 사람들이 몰려옵니다."

"헉."

흑미랑도 입을 벌렸다.

그도 그럴 것이, 지금 그들의 눈앞에는 말도 안 되는 숫자의 사람들이 몰려들고 있었다.

이전에 들렸던 발소리보다도 더 많은 숫자의 사람이었다.

점점 다가오는 사람들을 본 영호는 자신도 모르게 검집에 손을 올렸다.

영호의 눈에는 그들이 마치 이지를 상실한 사람처럼 보였다.

그들은 성난 황소처럼 농기구를 들고 있었다.

누가 봤다면 민란이라도 일어났다고 오해할 정도였다.

타다닥.

수만 마리의 군마들이 지나가는 듯한 소리가 점점 가까워진다.

영호는 검을 잡은 손아귀에 힘을 주었다.

그때 한빈이 그의 어깨를 덥석 잡았다.

순간 영호가 고개를 돌려 한빈의 표정을 확인했다.

한빈은 사람 좋은 얼굴로 고개를 저었다.

경거망동하지 말라는 뜻이었다.

그 뜻을 알아차린 영호가 검집에서 손을 뗐다.

하지만 두려움을 떨칠 수는 없었다.

아무리 무인이라도 머릿수에는 당해 내지 못한다는 것이 통설이다.

메뚜기 떼처럼 몰려오는 사람들에게 둘러싸인다면 아무리 고수라도 목숨을 부지하기 힘들다.

영호는 겨울비를 맞은 까마귀처럼 계속해서 어깨를 떨었다.

그들은 넓은 평야를 새까맣게 덮고 있었다.

자세히 보니 그들 중에는 거지까지도 끼어 있었다.

그들이 바로 눈앞까지 다가오자, 영호는 자신도 모르게 눈을 찔끔 감았다.

그때 바람이 귓가를 스치고 지나갔다.

타다닥.

동시에 귓가에 울리는 발소리.

그것도 잠시, 영호는 고개를 갸웃했다.

함성이 점점 멀어지고 있기 때문이었다.

눈을 찔끔 뜬 영호는 고개를 갸웃했다.

성난 군중들은 영호와 한빈 그리고 흑미랑은 거들떠보지도 않았다. 그저 어딘가를 향해 내달릴 뿐이었다.

그들이 내는 함성이 어느 정도 멀어졌을 때였다.

웅성거리던 그들이 다급하게 외쳤다.

"여기 쌀이 뭉텅이로 떨어져 있다!"

"여기도!"

"이제 살았네!"

"그래, 올해 겨울은 따숩게 보낼 수 있겠어. 만세!"

그들은 만세를 부르며 땅에 떨어진 곡물을 줍기 시작했다.

아직 타작도 안 한 곡물들을 줍기 시작한 이들.

그들을 바라보고 있던 영호가 고개를 갸웃했다.

"저, 저게 어찌 된 겁니까?"

"아까 수레에 구멍을 뚫었잖아."

"네? 그건 그렇지만, 이 사람들은 대체 어디서 온 겁니까?"

"배고픈 자가 한둘이겠어? 그래서 소문을 좀 냈지."

"흠……."

영호는 눈을 가늘게 뜨고 한빈을 바라봤다.

영호의 머릿속에서 이제까지 한빈이 벌였던 사건의 조각들이 하나둘씩 맞춰지고 있었다.

어찌 보면 자신을 만난 것 자체가 우연이 아닐 수 있었다.

그리 능청스럽게 서생 행세를 할 정도면 자신의 얼굴을 알고 있었다는 것이다.

그뿐이 아니었다. 수레에 구멍을 내면서 영호는 살짝 놀랐었다.

갈대숲이 우거진 이곳이 아니라면 수레 바닥에 구멍이 뚫린 것을 위씨세가 일행이 발견하지 못할 리가 없었다.

위씨세가의 행렬이 이곳을 지나간다는 것을 정확히 예측하지 않고서야 불가능한 일이었다.

더욱 놀란 것은 지금 일어난 일이었다.

수레 바닥에 구멍을 낸 이유를, 단지 적의 전력을 약화하기 위해서라 생각하고 있었다.

그런데 지금 보니 땅에 떨어진 곡식들마저 누군가 주워 가게 설계했다.

영호는 그 부분에서 고개를 갸웃하며 한빈을 바라봤다.

"공자님, 한 가지 궁금한 게 있습니다."

"뭐가 궁금한데? 편하게 말해."

"저들의 굶주린 배를 채워 준다고 해서 공자님께 돌아가는 이익은 없지 않습니까?"

"그야 그렇지."

"그런데 왜 이런 일을 벌이신 겁니까?"

"민초들의 행복이 곧 나의 행복이라고 말하면 믿을 텐가?"

한빈이 씩 웃자 영호는 입을 딱 벌렸다.

한빈이 왜 생불이라 불리는지를 알 것만 같았기 때문이다.

순간 영호의 머릿속에 희망이 꿈틀댔다.

생불이라 불리는 하북팽가의 사 공자라면, 언젠가는 심인 멸혼단을 완벽하게 해독해 줄 것이라 믿었다.

강호에서는 완전한 해독이 불가능하다지만, 소문대로라면 그는 천하제일의 명의.

영호가 머릿속에 희망을 그리고 있을 때였다.

저 멀리에서 함성이 점점 커졌다.

"뒤에 사람도 주워 갈 수 있게 남겨 놓자고."

"그래, 어차피 한 번에 못 가지고 가지 않나?"

"설마설마하고 왔는데……."

"그래, 쥐구멍에서 볕 들 날이 있다고. 이제 살았네."

"청운사신의 말이 진짜였어. 청운사신 만세, 황제 폐하 만세."

"진룡소협도 끼워 주게."

"그렇지, 청운사신의 제자이니 진룡소협도 만세일세."

"그래, 진룡소협이 아니었으면 이 장소도 몰랐을 것이네."

그들의 말에 영호가 고개를 갸웃했다.

"공자님, 진룡소협이 누굽니까?"

"바로 난데."

"네?"

"그래도 누가 줬는지는 알고 먹어야 할 것 아니야."

"헉."

영호가 입을 벌렸다.

한빈이 생불이 아닌 아수라의 모습으로 보였기 때문이었다.

한빈은 팔짱을 낀 채 그들을 바라보고 있다가 말했다.

"우리도 몇 개 주워 볼까요?"

　

하루 뒤, 공손명후의 처소.

공손명후는 어제 일어난 강호의 기이한 일 때문에 머리를 감싸 쥐어야 했다.

호북을 중심으로 한 지역에서 갑자기 황제 폐하를 칭송하는 목소리가 드높아졌기 때문이다.

이유는 황제의 이름으로 곡식을 풀었기 때문.

그것도 망원 평야의 갈대숲에 말이다.

하나, 이것은 황제의 지시와는 전혀 관계가 없는 일.

묘한 것은 그것이 청운사신이란 정파의 인물과 관련이 있다는 점이었다.

그 제자가 자신과 며칠 전 마주한 하북팽가의 사 공자가 아니던가?

혹시……?

이해가 안 되는 것이, 하북팽가의 사 공자는 위씨세가의 가주에게 돈을 빌려줬다.

그 곡식들이 위씨세가의 가주가 흘리고 간 거라면, 아마도 돈을 갚기는 힘들 터였다.

곡식을 산 이유는 분명히 하북에서 돈을 벌기 위함이 분명했다.

그가 곡식을 산 후 북쪽을 향해 떠난 것을 보면 확실했다. 그런데 장사 밑천을 모두 잃었다면?

돈을 못 갚는다는 것은 다르게 말하면 계약서에 나와 있는 대로 책임을 져야 한다는 것이었다.

이것은 노예 계약 하나가 추가된다는 의미였다.

이게 모두 팽 공자의 계략?

대체 무슨 원한이 있기에?

의문이 꼬리를 물자 공손명후는 머리가 아픈지 관자놀이를 짚었다.

조정에는 이 일을 어떻게 보고해야 할지 난감했다.

하북 지방에서 일어난 강호인들의 분란에 이은, 호북 지방에서의 기이한 사건.

이 모든 사건은 공손명후가 보고해야 할 일이었다.

이곳에 있을 때는 암상의 주인 역할을 해야 하지만 조정에서의 신분은 암행 업무를 맡은 감찰사였다.

그는 눈을 가늘게 뜨며 흔들리는 호롱불을 바라봤다.

그 호롱불이 마치 자신의 운명을 예고하는 것 같았다.

"역시 조정의 일은 나와 맞지 않아!"

그가 막 혼잣말을 뱉었을 때였다.

덜컹하고 문이 열리더니 누군가가 다급하게 들어왔다.

지금 들어온 사내의 모습 중 금빛 허리띠가 유난히 눈에 띄었다.

그는 바로 금의위의 무사였다.

공손명후는 그의 얼굴을 알아봤다.

"안후 장령님 아닙니까?"

안후는 감찰사와 황제 사이의 연락을 전하는 임무를 맡은 장령이었다.

연락을 담당할 자는 보통 금의위의 무사 중 무공이 고강한 자를 뽑는다.

눈앞에 있는 안후는 무공뿐 아니라 책략에도 능한 자였다.

"감찰사 어르신, 폐하의 성지를 가지고 왔습니다."

안후의 말이 끝나자 공손명후는 재빨리 자리에서 일어났다.

그러고는 바로 예를 취했다.

한쪽 무릎을 꿇은 공손명후가 외쳤다.

"황제 폐하의 명을 받습니다!"

"……."

안후는 아무 말 없이 황금빛 봉투를 꺼냈다.

그 모습에 공손명후는 고개를 더욱 조아렸다.

안후는 황금빛 봉투 바로 풀어 안에 있는 서찰을 꺼냈다.

그는 황제가 보낸 서찰을 작게 낭독하기 시작했다.

"강호의 감찰을 맡은 공손명후에게 전하는 말이니……."

안후가 읽어 나가는 서찰의 내용에 공손명후는 눈을 크게 떴다.

묘하게도 이번 일을 황제가 알고 있었다.

그는 숨도 쉬지 않고 계속 서찰을 읽어 나갔다.

"……과인은 감찰사의 노고를 잊지 않고 있으며, 또한 과인의 이름으로 백성들에게 인정을 베푼 인물을 찾아 포상하라."

안후는 서찰을 다 읽고는 그것을 공손명후에게 보였다.

내용이 거짓이 아니라는 것을 확인해 주기 위함이었다.

공손명후가 고개를 끄덕였다.

"확인했습니다."

"그럼 이 서찰은 없애겠습니다."

말을 마친 안후가 서찰의 끝을 손끝으로 비빈다.

순간 작은 불꽃이 일었다.

삼매진화의 수법이었다.

화르륵.

눈 깜짝할 사이에 서찰이 재가 되었다.

안후는 다 탄 서찰을 확인한 후 자리를 떠났다.

그가 떠나자 공손명후는 팔짱을 끼고 황제의 명을 다시 한 번 떠올렸다.

황제가 보낸 서찰의 내용 중에 중요한 것은 두 가지였다.

하북에서 일어나는 일은 황제가 직접 관여하겠다는 것과 호북에서 일어난 일에 대한 포상이었다.

"흠."

공손명후는 턱을 어루만졌다.

이 모든 것이 하북팽가의 사 공자와 연관이 있는 것 같아서였다.

이틀 뒤 하북의 장운현.

하북성에서 오십 리 정도 떨어진 객잔 안.

객잔의 모든 자리를 검은 복장의 사내들이 차지하고 있었다.

삼 층으로 이루어진 객잔의 일 층에서부터 삼 층까지 모두

검은 무복의 사내들이 차지하고 있자, 일반 손님들은 안으로 들어올 엄두도 내지 못했다.

주인도 슬슬 무인들의 눈치만 보고 있는 상황.

이미 선금을 두둑이 받았기에 손님들이 돌아가는 것은 걱정되지 않았다.

다만, 객잔이 무사하기만을 바랄 뿐이었다.

긴장한 모습으로 마른침을 삼키던 주인은 삼 층의 중앙을 바라보고는 고개를 갸웃했다.

모두가 검은색 무복을 입고 있었지만, 딱 세 명만은 하얀색 무복을 입고 있었다.

객잔 주인은 눈매를 좁혔다.

처음에는 긴장해서 보이지 않았지만, 검은색 무복의 무인들 사이에 하얀색 무복이 보이자 호기심이 생겼다.

주인은 자신도 모르게 목을 길게 빼고 그들의 대화를 들으려 했다.

그때, 주인의 옆으로 무사 하나가 다가와서 나지막한 목소리로 말했다.

"주인장은 지금부터 눈과 귀를 막게. 지금부터 우리가 떠날 때까지는 다른 손님은 받지 말고."

말을 마친 무사는 주인에게 전낭을 던졌다.

획.

전낭을 받은 주인은 무게를 가늠해 보더니 눈을 크게 떴다.

"아니, 이걸 전부……."

주인은 무사를 바라봤다.

무사는 씩 웃는다.

"며칠간 우리가 여기를 쓸 비용이네. 적은가?"

"아, 아닙니다."

주인은 재빨리 손을 저었다.

무림인의 심기를 건드렸다가는 어찌 되는지를 알기 때문이었다.

자신이 긴장하며 그들을 쳐다보던 이유도 무림인이 지나가면 난장판이 되기 일쑤여서가 아니던가.

그때 무사가 목을 긋는 시늉을 한다.

비밀이 새어 나가면 목숨은 없을 것이라는 뜻이었다.

주인은 꿀 먹은 벙어리가 되어 조용히 주방 쪽으로 들어갔다.

주인이 사라지자 중앙에 있던 흰색 무복의 사내가 수염을 쓸어 올렸다.

"지천아, 지약아. 이번 일은 우리 가문의 명운이 걸려 있는 일이다. 그러니 지금부터는 조심, 또 조심해야 한다."

지금 말을 뱉은 자는 바로 위상호의 동생 위상군이었다.

위상군은 위씨세가 제일의 무력대인 철혈검대의 대주이자 집법당주를 겸하고 있었다.

그는 가주의 명을 받아 위씨세가 최고의 전력을 데리고 이곳 장운현에 도착했다.

위상군의 표정은 그 어느 때보다 비장했다.

그것은 그와 철혈검대가 앞으로 치러야 할 전투 때문이었다.

그들의 계획은 간단했다.

식량으로 하북성 내부를 휘어잡는 동시에 하북팽가와 천리 표국의 싸움에서 어부지리를 얻는 것이었다.

하북팽가와 천리 표국이 힘을 잃었을 때 위씨세가가 나설 예정이었다.

이제는 명분까지 생겼다.

하북의 혼란은 하북팽가와 천리 표국 때문이라고 모두가 생각할 것이 뻔했다.

위씨세가가 그 싸움을 부추겼다는 것은 아무도 모르는 상황.

백성들은 하북팽가와 천리 표국을 원망할 테고.

그들을 평정하는 위씨세가는 그야말로 하북의 영웅이 될 것이었다.

이제 천하 십대세가는 천하 구대세가로 재편되기 전이었다.

조금 삐걱거리는 것이 있긴 했지만, 아직은 순조로웠다.

위상군은 조용히 창밖을 바라봤다.

그가 보기에 이곳 장운현은 폭풍 전야와도 같았다.

그는 슬쩍 웃음을 지었다.

그 폭풍이 자신과 철혈검대라 생각하니 묘하게 웃음이 나와서였다.

장운현은 위상호와 약속한 장소였기에 그는 위지천과 위지약을 데리고 이곳에 머물러야 했다.

일단은 기다리는 것이 첫 번째 임무.

그때였다.

일 층에서부터 발소리가 울려 왔다.

타다닥.

위상군은 눈매를 좁히며 고개를 돌렸다.

다급한 발소리가 신경에 거슬렸던 것이다.

삼 층에 나타난 것은 검은 무복의 사내였다.

그는 다름 아닌 위씨세가 철혈검대의 일원.

삼 층에 도착해 황급히 뛰어오던 무사는 위상군의 앞에 멈췄다.

그는 포권하는 것도 잊은 채 다급하게 대나무 통 하나를 건넸다.

대나무 통에는 천(天)이라는 글자가 써 있었다.

그 통에 쓰인 글자를 본 위상군이 눈을 빛냈다.

"이게 어디에서 날아온 것이더냐?"

"호북 만금 전장에서 날아온 전서구에서 떼어 낸 것입니다."

"천급 전서구라……."

위상군은 말끝을 흐리며 밀봉된 전서구 통을 열었다.

위씨세가는 전서구를 보낼 때 등급을 크게 세 가지로 구분한다.

사람의 목숨이 왔다 갔다 할 정도의 사안이라면 인급(人級), 가문의 운명이 좌지우지될 정도의 사안은 지급(地級)이었다.

그렇다면 천급은?

그야말로 경천동지할 일이 생겼을 때나 표시하는 글귀였다.

왜 천급이?

의문도 잠시, 위상군은 떨리는 손으로 통을 열었다.

안에서 평범한 쪽지 하나가 나왔다.

쪽지의 내용을 본 그는 입을 떡 벌렸다.

"헉."

그 모습에 위지천이 재빨리 물었다.

"숙부님, 무슨 일입니까?"

"누군가 만금 전장에 있는 위씨세가의 비자금을 모조리 털어 갔다는구나. 이걸 믿어야 할지……."

"그게 무슨 말입니까?"

"여길 보면 써 있지 않으냐?"

위상군은 쪽지를 내밀었다.

위지천은 내용을 읽기 시작했다.

"만금 전장에 맡긴 금액 대부분을 찾아갔으며 절차에는 문제가 없었던 것으로……."

쪽지를 읽어 가던 위지천의 눈이 점점 커졌다.

사실 그 내용은 말도 안 되는 것이었다.

만금 전장에 맡겨 놓은 금액은 위씨세가 전력의 반이라고
보면 되었다.

중요한 것은 만금 전장의 비자금은 직계만이 찾을 수 있다
는 점이었다.

만금 전장에서 돈을 찾으려면 두 가지 조건이 더 충족되어
야 했다.

그 첫 번째가 숫자로 된 암어였다.

그 암어를 안다고 해도 돈을 찾는 것은 불가능했다.

두 번째가 바로 필체니 말이다.

숫자를 적은 필체가 조금이라도 어긋나면 만금 전장에서
는 돈을 지급하지 않는다.

즉 절차에 문제가 없다는 것은 직계 중 누군가가 가문을
배신하고 비자금을 찾아갔다는 뜻.

본래 내부의 적이 외부의 적보다 무서운 법이었다.

위상군은 쪽지를 구겼다.

그가 손을 폈을 때, 쪽지는 가루가 되어 바닥에 떨어졌다.

상황을 지켜보던 위지약이 물었다.

"숙부님, 어떻게 해야 할까요?"

"형님, 아니 가주께서 돌아오시면 해결될 일이다. 그리고

이 전서가 가짜일 수도 있지 않으냐?"

"인장을 보면……."

위지약은 말을 멈췄다. 위상군의 눈짓 때문이었다.

생각해 보니 이곳에는 위씨세가의 철혈검대도 있었다.

그들은 눈빛 하나 변하지 않을 만큼 충성심이 강한 이들이었다.

하지만 돈 앞에서는 장사가 없다고 하지 않은가.

수하들에게는 절대 약한 모습을 보여서는 안 되는 법.

그때였다.

객잔의 밖에서 제법 시끄러운 소리가 들려왔다.

덜그럭, 덜그럭.

누가 들어도 수레를 끄는 소리였다.

위상군은 자리에서 일어나 재빨리 창가로 뛰어갔다.

그는 팔짱을 끼고 아래를 바라봤다.

덜그럭, 덜그럭.

수레 끄는 소리와 함께 그 진동까지 느껴졌다.

객잔 아래로 여러 대의 수레가 지나가고 있었다.

근래에 보기 드문 상인들의 행렬이었다.

"대체 어느 상단이지……."

위상군은 눈매를 좁혔다.

위상군은 지금 하북의 사정을 누구보다 잘 알고 있었다.

상인들 모두가 강호의 싸움에 휘말릴 것이 두려워 하북에는 발길을 끊은 상황이었다.

중요한 점은 장운현을 기점으로 하북 쪽으로는 더 들어가지 못한다는 점이었다.

왜냐하면 몰려드는 낭인들을 막기 위해 관에서 입구를 통제하고 있었기 때문이다.

그런데 저렇게 많은 짐을 싣고 하북으로 향한다?

아마 백이면 백 이곳으로 다시 돌아올 것이었다.

위상군이 보기에 그들은 정보가 부족한 것이 확실했다.

지금 하북을 통과할 수 있는 것은 오로지 위씨세가밖에는 없었다.

하북성을 통제하고 있는 것은 바로 동창.

그 수장으로 있는 동창의 태감은 바로 위씨세가와 끈끈한 연을 맺고 있는 사람들이었다.

수레 위에 앉아 있던 설화는 고개를 갸웃했다.

그 모습에 청화가 물었다.

"왜 그래요? 언니."

"어쩐지 묘한 시선이 느껴져서."

"언니가 예뻐서 누가 쳐다보는 게 아닐까요? 헤헤."

청화가 해맑게 웃자 설화도 웃음을 터뜨렸다.

"푸읍."

"왜 웃어요?"

"아니, 예쁜 건 네가 더하지. 사람들이 널 보면 봤지, 날 보겠니?"

"아니에요, 언니가 더 예뻐요."

그때였다.

누군가의 웃음이 터져 나왔다.

"호호. 너희 둘 다 예쁘니까 걱정하지 말렴. 그런데 그 시선 나도 느꼈다."

목소리의 주인은 백미랑이었다.

백미랑은 방금 지나온 객잔을 슬쩍 바라봤다.

분명히 시선은 그곳에서 느껴졌었다.

사내가 여인을 보는 시선이 아닌.

맹수가 먹잇감을 보는 듯한 시선이었다.

백미랑의 시선에 설화가 조심스럽게 속삭였다.

"백 언니, 그렇게 보시면 눈치채잖아요. 저도 그렇고 청화도 그렇고 대충은 알고 있어요."

"어? 알고 있었다고? 언제부터?"

백미랑이 질문을 연달아 날리자 설화가 뒤쪽을 가리켰다.

"아까 장운현에 들어왔을 때부터요."

"그게 무슨 말이야? 설화야."

"제법 많은 무인이 기척을 감추고 있는 것 같아요. 음, 그러니까……."

설화는 설명하면서도 시종 웃음을 잃지 않았다.

설화의 말은 간단했다.

객잔뿐 아니라 그 주변에도 꽤 많은 무인이 일반 상인들로 위장하고 있다는 것이었다.

백미랑은 고개를 돌리려다가 멈칫했다.

설화의 말이 떠올랐기 때문이다.

자신은 하오문의 사천 지부 책임자였다.

그런데 자신보다 한참 어린 아이에게 가르침을 받는 것 같아 기분이 묘했다.

백미랑은 곡식을 가득 실은 수레를 바라봤다.

수레를 끄는 자들은 지금 푸른색 경장을 입고 있었다.

거기에 몇몇은 장부를 옆에 끼고 있었다.

설화와 청화도 백색의 무복을 벗어 던지고 푸른색 의복을 정갈하게 차려입은 상태.

누가 본다 해도 상단의 여식들이라 착각할 만했다.

십대세가의 무력대가 자신의 상징과도 같은 무복을 그리 쉽게 벗어 던질 줄은 몰랐다.

사실 적혈맹호대에게 그들의 본래 무복은 그저 껍데기에 불과했다.

하지만 백미랑은 이해할 수 없었다.

그녀와 적혈맹호대는 이곳까지 오면서 곡식을 긁어모았다.

상인이 물품을 사고 그걸 다른 지역으로 이동해서 파는 것은 어찌 보면 당연한 일이었다.

그런데 왜 이렇게 위장을 하는지 이해할 수 없었다.

더욱 이해가 안 되는 것은 행렬을 둘로 나누었다는 점이다.

거기에 따라 수레에 실은 짐도 달랐다.

앞쪽 수레는 적혈맹호대의 대주인 소대섭이 맡고 있고 뒤쪽은 부대주인 심미호가 맡고 있었다.

그들은 오백 걸음 정도의 차이를 두고 하북성으로 향했다.

그들이 장운현을 빠져나왔을 때였다.

앞쪽 행렬은 그대로 하북성을 향해 가는데 뒤쪽 심미호가 맡은 행렬은 멈췄다.

그 모습에 백미랑은 고개를 갸웃해야 했다.

정말 무슨 일을 하는지 알 수 없는 사람들이라는 생각이 들었다.

얼마나 갔을까?

그들은 하북성의 입구에서 마차를 멈춰야 했다.

동창의 병사들이 촘촘히 입구를 막고 있었다.

그들 중 하나가 창을 들어 바닥을 찍는다.

쾅.

그 소리에 사람들이 나와 무슨 일인지 확인했다.

맨 앞에 가던 소대섭과 조호는 마부석에서 내려 동창의 무사 앞으로 다가갔다.

"나으리, 무슨 일이십니까?"

소대섭은 완벽하게 상인처럼 묻고는 무사를 바라봤다.

동창의 무사가 눈을 가늘게 뜨며 소대섭과 심미호를 아래위로 살폈다.

"어디에서 온 상인이요?"

"저희는 호북에서 왔습니다. 여기 통행증이 있습니다."

소대섭은 그에게 통행증을 내밀었다.

통행증을 확인한 병사는 통행증을 보는 둥 마는 둥 살피더니 다시 건넸다.

"잘 봤소. 그런데 지금은 들어갈 수 없소."

"그게 무슨 말입니까?"

"낭인을 철저히 통제하라는 명을 받았소."

"네? 통제라니요?"

"지금 하북은 창끝에서 사마귀 두 마리가 서로를 노려보고 있는 형국이요. 아, 여기까지만 하겠소. 그러니 돌아가시오."

"잠시만, 기다리시지요."

소대섭은 힐끔 뒤를 바라보며 눈을 찡긋했다.

신호를 받은 조호는 옆쪽에서 나팔을 꺼냈다.

그러고는 나팔을 힘껏 불었다.

뿌우!

소뿔로 만든 나팔 소리가 성벽에 부딪혀 다시 돌아왔다.

그 정도로 조호의 나팔 소리는 엄청났다.

신호를 보낸 소대섭도 귀를 막고 있었으니 말이다.

병사는 고개를 갸웃했다.

병영에서나 쓰는 나팔을 부는 상인이 이해가 안 되었던 것이다.

급기야는 이곳에 책임자인 동창의 서 태감이 달려왔다.

따가닥, 따가닥.

말을 타고 단숨에 달려온 서 태감은 병사를 바라봤다.

"무슨 일인가?"

"아무것도 아닙니다. 이자들이 실성했는지 갑자기 나팔을 불었습니다."

"왜 그랬다고 하느냐?"

"저도 모르겠습니다. 저희가 당장 내치겠습니다. 그러니 태감님은 그냥 계십시오."

"그렇게 하……."

서 태감은 말을 멈췄다.

조호가 들고 있는 나팔이 눈에 익었기 때문이다.

그때였다.

누군가가 성안에서 바람처럼 달려 나왔다.

휘릭.

마치 구름을 걷는 듯한, 신선 같은 걸음걸이.

그것은 화산의 보법 매화삼보였다.

매화 세 잎을 밟으면 어디로든 갈 수 있다는 매화삼보.

서 태감은 그가 앞에 오기도 전에 외쳤다.

"여기는 어쩐 일이시오? 강 교두!"

그의 말이 끝나자 사내는 서 태감의 앞에 섰다.

그는 다름 아닌 금의위의 강유찬이었다.

"서 태감도 잘 지내셨소? 저는 하북성주님과 함께 민생을 보살피기 위해 나와 있소."

"민생이라……. 나와 같은 임무를 수행 중이시군."

"그래서 하는 말인데, 저 짐은 하북성주의 명을 받고 들어온 짐입니다."

"흠."

"저는 황제 폐하의 명을 받고 하북성주를 돕기 위해 온 것인데, 그것을 방해하시면……."

"됐소. 하지만 저 짐에 무엇이 들어 있는지는 살펴야겠소."

"마음대로 하시지요."

강유찬이 수레를 가리키자 서 태감은 씩 웃었다.

그는 금의위의 강유찬이 자신을 너무 쉽게 봤다고 생각했다.

저 중에 하나라도 자신의 눈 밖에 나는 물건이 있으면 통과시키지 않을 작정이었다.

그중에는 곡물도 포함되었다.

거기에 나라에서 금지하는 품목은 예상외로 많았다.

그중에 하나라도 걸리면 눈앞에 있는 행렬은 모두 돌려보낼 작정이었다.

서 태감이 턱짓하자, 뒤쪽에서 병사들이 구름처럼 몰려왔다.

열 명이 한 조가 된 병사들 앞에는 병영에서 쓰는 군견까지 있었다.

한편 그 모습에 강유찬은 혀를 찼다.

얼마 전 한빈은 전서구를 통해 몇 가지 부탁을 해 왔다.

그중 하나가 바로 지금의 상황이었다.

강유찬은 고개를 갸웃했다.

군견까지 동원한 것을 보면 절대 이 수레를 통과시키지 않겠다는 의지가 담겨 있었다.

분명히 한빈이 말한 대로였다.

한빈은 이곳을 막는 자들은 누군가와 연관되어 있다고 했다.

그 누군가는 나라를 좀먹는 이들이고 말이다.

강유찬은 주먹을 불끈 쥐었다.

나라와 황제를 생각하자 가슴이 꿈틀대는 그였다.

그때 병사들이 군견을 이끌고 수레 앞에 당도했다.

병사 중 수장으로 보이는 이가 외쳤다.

"태감 나으리! 지금 덮개가 수레에 단단히 고정되어 있습니다. 이건 찢어야 할 듯싶습니다!"

병사는 검을 뽑았다. 그러고는 수레에 걸친 천을 잡았다.

그는 서 태감을 조용히 바라본다.

훈련이 잘된 병사들은 오직 태감의 명령을 기다리고 있었다.

서 태감이 고개를 돌려 강유찬을 보더니 씩 웃었다.

"무슨 물건을 숨겼기에 저렇게 꽁꽁 싸맸을까 모르겠습니다, 강 교두."

"그건 저도 모르지요."

강유찬이 무표정한 얼굴로 자신과 상관없다는 듯 수레를 바라봤다.

그 모습에 서 태감이 묘한 웃음을 지었다.

웃음도 잠시, 서 태감은 말없이 손을 좌에서 우로 그었다.

휙.

그게 신호였는지 병사들은 그들의 검으로 수레에 덮인 천을 사정없이 썰었다.

부욱.

쭈욱.

그러고는 걸레 조각이 된 덮개를 걷어 냈다.

순간 상인으로 위장한 적혈맹호대 대원들이 황급히 코와 입을 가렸다.

그 모습에 동창의 병사들은 고개를 갸웃했다.

갑자기 코와 입을 가리는 행동이 이해가 안 되었던 것이다.

동시에 군견들이 먼저 반응했다.

깨갱, 깽.

그것은 처절한 울부짖음.

놀란 군견들이 사방으로 흩어지기 시작했다.

동창의 병사들도 재빨리 뒤로 물러섰다.

갑자기 올라오는 퀴퀴한 냄새 때문이었다.

그들이 수레에 덮인 천을 찢자 냄새가 새어 나오기 시작한 것이다.

그들은 황급히 뒤로 물러섰다.

"다들 조심……. 헉."

"모두 경계 태세를…… 헉!"

병사들은 숨을 쉬지 못했다.

그 모습을 지켜보던 서 태감이 말했다.

"지금 이게 무슨 짓이오!"

"무슨 짓이라니요? 태감님이 직접 저 상인에게 확인해 보시죠."

강유찬은 모른 척 앞을 가리켰다.

그곳에는 상인으로 위장한 소대섭이 있었다.

강유찬이 턱짓하자 소대섭이 어색하게 웃으며 말을 이었다.

"태감 나리께서 직접 확인해 보셔도 좋습니다. 저건 약초입니다."

"약초라니……."

서 태감은 못 믿겠다는 듯 고개를 흔들었다.

그 모습에 소대섭이 말을 이었다.

"소양초라고, 들어 보셨나요? 개똥 냄새가 난다고 해서 개똥풀이라고도 불리죠."

"음."

"이곳에 약재가 부족할 것 같아 강유찬 어르신이 직접 주문한 약재들입니다."

소대섭의 대답에 서 태감은 고개를 돌렸다.

"그게 사실입니까?"

"뭐, 사실입니다. 제가 그래서 말씀드리지 않았습니까? 하북성의 민생에 꼭 필요한 거라고 말입니다. 이곳 하북성에서는 강호인들이 언제 난동을 피울지 모르지 않습니까? 일이라도 터지면 약재가 부족할 테고…….'"

강유찬은 쉬지 않고 설명을 이었다.

그 모습에 소대섭도 놀랐다.

금의위의 수장이라 하는 사람이 이렇게 입을 잘 털 줄은 몰랐던 것이다.

지금 보니 그도 자신의 주군인 한빈과 같은 부류라는 생각이 들었다.

소대섭이 놀라고 있을 때, 서 태감이 눈을 찡그렸다.

그러고는 주변을 바라봤다.

서 태감은 고개를 좌우로 저었다.

개똥풀이라 불리는 소양초는 그도 들어 봤다.

배앓이와 상처에 효과가 좋아 백성들이 주로 쓰는 약초였다.

약초라고는 하지만 재배할 필요 없이 하남 지역에서는 손쉽게 찾아볼 수 있다.

멀리 떨어지지 않았다면 이렇게 상인이 옮길 필요도 없는 물건이었다.

"진작 말을 해 주시……."

서 태감은 눈을 찡그리며 다급하게 코를 막았다.

그는 재빨리 손은 들어 하북성의 입구를 가리켰다.

통과시키라는 신호였다.

하지만 수레는 움직이지 않았다.

그 모습에 병사 중 수장이 소리쳤다.

"어서 통과하지 않고 뭐 하는 것이냐?"

"죄, 죄송합니다. 이대로 성안으로 들어가면 냄새 때문에 난리가 날 것이라 여기에서 다시 정비를 좀 하고……."

그 말에 병사들은 서 태감을 바라봤다.

서 태감은 깊게 한숨을 내쉰 뒤 말했다.

"보기 싫으니 빨리 통과시켜라."

그 말에 상인으로 위장한 적혈맹호대는 떠밀리다시피 해서 성문을 통과했다.

성문에서 한참을 가서야 소대섭은 강유찬에게 포권했다.

"대인, 감사합니다."

"괜찮네. 이 모든 게 팽 공자의 부탁이며 황제 폐하의 명이네."

"명이라니요?"

"흠, 그건 비밀이네."

"아, 대인까지 저희 공자님을 따라 하시면……."

소대섭은 슬쩍 말끝을 흐렸다.

말하다 보니 자신이 금의위의 강유찬을 놀리는 것 같아서였다.

그와 자신의 신분은 천양지차.

평상시 교분이 없다면 목이 떨어져도 이상하지 않을 정도였다.

그 모습에 강유찬이 말했다.

"그리 긴장하지 않아도 되네."

말을 마친 강유찬은 남쪽을 슬그머니 바라봤다.

그러고는 다시 서쪽을 바라봤다.

남쪽은 한빈이 있는 쪽이고 서쪽은 황제가 있는 쪽이었다.

강유찬이 받은 한빈의 전언은 황제에게도 보고되었다.

황제는 흔쾌히 강유찬에게 하북으로 다시 돌아가라고 명했다.

거기에 황제는 한 가지 부탁을 했었다.

강유찬은 품속에 고이 넣어 놓은 황제의 전언을 확인했다.

황제가 일개 무인에게 하는 부탁이라…….

강유찬은 자신도 모르게 미소를 피워 냈다.

🐟

사흘 후.

장운현과 하북성의 경계에서 상인 무리가 노숙을 하고 있었다.

그들이 노숙하기 위해 피워 놓은 모닥불 주변에서는 쌀 익는 냄새와 고기 타는 냄새가 쉬지 않고 풍겨 나왔다.

그중 가장 인기가 있는 것은 역시 토끼구이였다.

광개가 굽는 토끼구이는 몇 날 며칠을 먹어도 질리지 않는 음식 중 하나였다.

백미랑은 자신의 배를 만져 봤다.

요즘 어찌나 잘 먹었는지 이전에는 없던 뱃살이 살짝 잡혔다.

하지만 반대로 피부는 그 어느 때보다 고와졌다.

뱃살을 만지고서는 미간을 좁히던 백미랑이 쓱 얼굴을 만지고서는 화사하게 웃었다.

그 모습에 설화가 물었다.

"언니, 왜 그렇게 웃어요?"

"아, 그게 비밀이라고……."

"피부가 고와지셨네요."

예리하게 치고 들어오는 설화의 말에 백미랑은 흠칫 표정을 굳혔다.

그 표정을 본 설화가 다시 말을 이었다.

"제가 맞혔죠? 이것도 드세요."

설화가 당과를 내밀었다.

백미랑은 본능적으로 당과를 받아 들다가 번뜩 정신을 차렸다.

"절대 안 돼."

"왜 안 돼요? 이게 얼마나 맛있는데요."

"그러니까 안 되지. 이것 때문에 뱃살이……."

"그건 고기 때문인 것 같은데요."

"고기는 피부에라도 좋지, 당과는……."

"당과도 피부에 좋아요."

설화가 다시 당과를 내밀었다.

피부에 좋다는 이야기에 자신도 모르게 당과를 받아 든 백미랑.

그때 그들의 뒤에 검은 그림자가 나타났다.

스윽.

순간 백미랑의 등에서 소름이 돋았다.

살기가 아닌 귀기를 느껴 보기는 오랜만이었다.

그녀는 조용히 고개를 돌렸다.

그곳에는 누군가 눈이 휑해서는 백미랑이 든 당과를 바라보고 있었다.

귀기의 주인은 다름 아닌 앞에 있는 자였다.

자세히 보니 귀기를 내뿜는 이는 여인으로 보였다.

백미랑이 뒤로 물러나며 설화와 청화를 보호하듯 두 팔을 벌렸다.

그때였다.

앞에 선 괴인이 말했다.

"언니."

"엥?"

백미랑의 눈이 커졌다.

괴인이 갑자기 자신을 언니라 하니 이해가 안 되었던 것이다.

그러고 보니…….

어디선가 들어 본 목소리였다.

그때 괴인이 다시 말을 이었다.

"언니. 배, 배가 고파……."

더듬거리며 말을 잇는 상대를 본 백미랑은 눈을 크게 떴다.

"혹시 그 목소리는 흑미랑?"

"이, 이제야 알아보네."

"대체 이게 어떻게 된 일이야?"

"언니, 여태껏 한숨도 못 자고 한 끼도 못 먹었어."

"그게 무슨 말이야. 호북 하오문이 망하기라도 했어?"

"그게 아니라……. 언니가 전서구로 보낸 그 하오문의 귀인을……."

흑미랑은 힘든지 말을 잇지 못했다.

백미랑은 흑미랑이 누굴 가리키는지 단번에 알 수 있었다.

그것은 자신과 처음 동행했던 하북팽가의 사 공자를 말함이었다.

그러고 보니 전서구도 줄기차게 날아왔었다.

그때 흑미랑이 다시 백미랑이 들고 있는 당과를 가리켰다.

"언니, 그것 좀……."

"……그래, 여기 있어."

백미랑이 당과를 건네자 흑미랑은 허겁지겁 받아먹었다.

흑미랑이 당과를 한입에 다 털어 넣었을 때였다.

설화가 다시 당과를 건넸다.

"이것도 드세요."

"고맙다. 그런데 누구?"

"여기 있는 백미랑 언니 친구예요. 그런데 언니는 왜 백미랑 언니를 언니라고 불러요?"

설화는 고개를 갸웃했다.

다른 이들도 설화와 똑같은 의문을 가지고 있었다.

사실 백미랑도 마찬가지였다.

본래라면 쌍둥이인 그들의 외모는 누가 봐도 구별하지 못했어야 정상이었다.

그런데 지금의 흑미랑은 위태로울 정도로 말라 있었다.

물론 자신이 생각보다 많이 불었다는 것도 잊고 있는 백미랑이었다.

그 차이가 둘을 쌍둥이로는 보이지 않게 만들었다.

한참 동안 동생을 보던 백미랑이 물었다.

"그나저나 왜 한숨도 못 잤는데?"

"밤새도록 달려왔어. 가끔 잠을 자려고 하면 공자님이 자꾸 칼 갈아서……."

백미랑은 고개를 갸웃했다.

이를 가는 것도 아니고 칼을 간다니?

그때였다.

백미랑이 눈을 가늘게 떴다.

흑미랑의 말대로 어디선가 칼을 가는 소리가 들렸기 때문이었다.

스윽스윽.

난데없는 소리에 고개를 갸웃한 백미랑이 물었다.

"저건 무슨 소리지? 동생."

"언니, 저게 공자님이 칼 가는 소리라니까."

"무슨 칼을 저렇게 살벌하게 가는 거야?"

백미랑이 눈을 가늘게 뜨고 소리에 집중했다.

그녀는 고개를 돌려 소리가 나는 쪽을 바라봤다.

모두의 시선이 백미랑을 따라 움직였다.

스윽, 스윽.

모두가 한 곳을 바라보는 동안에도 소리는 계속 들려왔다.

한참을 보던 흑미랑이 한숨을 내쉬었다.

"휴, 그러니까 말이야. 진짜 저 소리 때문에 한숨도 못 잤다니까."

"공자님께서 이를 가는 것도 아니고 칼을 간다고…….'

백미랑은 이해가 안 간다는 듯 고개를 저었다.

그때 설화가 말했다.

"공자님이 언제 이를 갈아요? 나중에 이를 거예요."

"아, 미안하다. 설화야."

백미랑이 손을 내젓자 옆에서 지켜보던 청화가 소리 나는 곳을 가리켰다.

"일단 가 보죠, 언니들."

그때였다.

조금 떨어진 곳에 있던 심미호도 뛰어왔다.

"나도 같이 가."

잠시 후.

설화는 고개를 갸웃했다.

뒷모습을 보면 분명히 한빈이 맞았다.

그렇다면 분명 기척을 느꼈을 텐데, 한빈은 계속해서 칼을 갈고 있었다.

스윽, 스윽.

달밤에 울려 퍼지는 칼 가는 소리는 그야말로 등골을 오싹하게 했다.

이상한 것은 칼을 가는 한빈의 모습에 은은하게 살기가 흘러나왔다는 점이다.

설화는 주변 사람들을 바라봤다.

그들은 한빈에게 나오는 살기를 느끼지 못하는 것만 같았다.

스윽, 스윽.

오직 칼을 가는 이유와 그가 기척을 듣고 모르는 척하는 것만 궁금해하는 것 같았다.

살기를 느끼는 것은 오직 설화밖에 없었다.

설화는 왜 자신만이 그 살기를 느낄 수 있는지 알고 있었다.

그것은 바로 자신이 한빈에 대해서 누구보다 잘 알기 때문이었다.

한빈이 살기를 피우며 칼을 간다?

누구를 위해 칼을 가는 건지 궁금해졌다.

모두가 고개를 갸웃하고 있을 때, 설화는 조심스럽게 한빈의 옆으로 다가갔다.

가까이 가자 한빈의 앞에 불씨만 남은 모닥불이 보였다.

불씨와 달빛이 적절하게 어우러지자 한빈이 갈고 있는 칼이 보였다.

설화는 소리 없이 입을 벌렸다.

그것은 검신이 반 토막 난 월아였다.

한빈은 월아의 검날을 세우고 있었다.

스윽, 스윽.

붉은 불씨가 일렁이니 얼핏 보이는 월아가 오늘따라 붉게 보인다.

그 붉은색 검신이 마치 한빈의 가슴속을 보여 주는 것 같다는 착각이 드는 것은 왜일까?

한빈의 옆에 다가간 설화는 입술을 달싹였다.

괜히 방해하는 것은 아닐까 하는 생각에 머뭇거리는 설화.

그때 한빈이 쓱 고개를 돌렸다.

"설화 왔구나!"

"네?"

설화는 눈을 동그랗게 뜨며 되물었다. 아무렇지도 않게 인사를 건네는 한빈의 모습이 왠지 낯설었기 때문이었다.

그 모습에 한빈이 물었다.

"왜 그렇게 놀라? 여기 앉아."

"거기요? 그런데 중요한 일 하시고 계신 거 아니었어요?"

"에이, 무인이 생사결을 앞두고 검날을 세우는 일이 뭔 대수라고……"

"생사결이요?"

"그럼, 생사결이지. 위씨세가가 죽느냐, 아니면 내가 사느냐."

"음, 그러니까……."

설화는 한빈의 말을 곱씹다가 고개를 갸웃했다.

"공자님, 위씨세가가 죽는다는 말이랑 공자님이 산다는 말이랑, 둘 다 똑같은 말 아니에요?"

"내가 죽는다는 건 애초에 계획에 없으니까."

"아……."

설화가 탄성을 터뜨리며 고개를 끄덕였다.

한빈의 주변에는 고개를 끄덕이는 자와 고개를 갸웃하는 자로 나뉘었다.

고개를 끄덕이는 자는 설화와 청화 그리고 심미호였다.

반면 백미랑과 흑미랑은 고개를 갸웃하며 이해가 안 간다는 듯한 표정을 지었다.

그 모습에 청화가 슬쩍 나섰다.

"우리 공자님은 원래 실패를 계획에 두지 않아요."

"그, 그렇구나……."

백미랑이 영혼 없는 표정으로 고개를 끄덕였다.

그때 한빈이 자리에서 일어났다.

그러고는 아무렇지 않게 휘적휘적 어디론가 걸어갔다.

그 모습에 설화가 다급하게 물었다.

"공자님, 어디 가세요?"

"적혈맹호대가 있는 곳으로 가서 합류해야 할 것 아니야. 그러고 보니 배고프네."

한빈은 씩 웃으며 배를 어루만졌다.

설화는 재빨리 한빈의 뒤를 따랐다.

"공자님, 같이 가요."

한빈과 설화가 어둠 속으로 사라지자 나머지 사람들은 서로를 바라봤다.

그것도 잠시, 청화가 말했다.

"저희도 빨리 가요, 언니들."

"그래, 우리도 주군을 따라가자."

심미호가 고개를 끄덕이자 모두가 한빈이 사라진 곳을 향해 천천히 걸어갔다.

그때 앞서 몇 발짝 걸어가던 청화가 멈췄다.

걸음을 멈춘 청화는 고개를 갸웃하더니 뒤쪽을 바라봤다.

"그런데 저 사람은 뭐예요?"

청화가 뒤쪽을 가리키자 모두가 고개를 돌렸다.

그중 심미호가 고개를 갸웃하며 물었다.

"나는 아무것도 안 보이는데 사람이라니?"

"저기 기척이 느껴져요."

"아무리 봐도 없는데……."

심미호는 고개를 갸웃했다.

청화가 가리킨 곳에는 아무도 보이지 않았기 때문이다.

그때 흑미랑이 다급하게 청화가 가리키는 곳을 향해 걸어갔다.

타다닥.

다급히 달려가는 흑미랑을 모두가 뒤쫓았다.

흑미랑이 도착한 곳은 한빈이 칼을 갈던 모닥불 근처에서 열 걸음 정도 떨어진 곳이었다.

흑미랑은 주변 수풀을 뒤지다가 걸음을 멈췄다.

심미호는 흑미랑이 바라보는 곳을 보고는 눈을 크게 떴다.

"저 사람은 뭐예요?"

심미호가 가리킨 곳에는 누군가 귀를 틀어막고 있었다. 그때 구름이 걷히고 달빛이 다시 수풀을 비췄다.

동시에 사내의 얼굴이 드러났다.

사내의 얼굴을 보던 심미호는 고개를 갸웃하며 흑미랑을 바라봤다.

그러고는 다시 사내를 바라봤다.

백미랑도 마찬가지였다.

모두는 사내와 흑미랑을 번갈아 가며 바라봤다.

그들의 이상한 행동에 흑미랑이 황당하다는 듯 백미랑을 쳐다봤다.

"언니, 왜 그렇게 봐요?"

"이 사람하고 네 얼굴이 비슷해서 그렇지. 어딘가가 비슷해······."

백미랑이 말끝을 흐리자, 청화가 손을 번쩍 들더니 말을
이었다.

"제가 알 것 같아요. 두 분 다 증세가 똑같아요."

"증세라니?"

갑작스러운 단어에 흑미랑이 깜짝 놀라 묻자, 청화가 답했
다.

"두 분 다 꼭 독에 당한 것 같아요. 얼굴에는 핏기가 하나
도 없고 피부는 독기에 잠식을 당한 것처럼 삭아 있고······."

청화는 말을 맺지 못했다.

흑미랑의 눈에 눈물이 고였기 때문이다.

"아, 그건 잠을 못 자서 그런 거라고 아까 말했는데······.
잠만 못 잔 게 아니라 쉬지 않고 계속 달리다 보니 이렇게 된
거라고!"

그녀의 외침에 모두는 고개를 돌렸다.

흑미랑은 수풀에서 뽑은 자를 어깨에 걸쳐 멨다.

그러고는 작은 한숨을 쉬었다.

"휴······. 이제 가자고요. 나름 전우인데 그냥 두고 갈 수는
없잖아요."

말을 마친 그녀는 작게 고개를 저었다.

그녀가 들쳐 멘 사내는 다름 아닌 영호였다.

호북에서부터 이곳까지 오면서 영호는 한숨도 못 잤다.

거기에 흑미랑보다도 경공술의 경지가 낮았기에 더 고생해야 했다.

영호가 뒤처질 때마다 한빈이 했던 말을 흑미랑은 똑똑히 기억하고 있었다.

한빈은 딱 한마디만 얘기했다.

그것은 바로 '해약'이라는 단어였다.

그 말을 듣는 순간 곧 쓰러질 듯 휘청이던 영호는 단번에 살아났다.

덕분에 영호의 몸은 흑미랑보다도 몇 배 더 상한 상태였다.

이해가 가지 않는 부분도 한 가지 있었다.

그것은 영호가 이곳까지 어떻게 따라왔냐는 것이다.

아무리 생각해도 정신력만 가지고는 불가능했다.

흑미랑은 조용히 한빈이 사라진 곳을 바라봤다.

혹시…….

한빈이 영호의 등을 후려치는 장면이 떠올랐기 때문이다.

그때는 그저 재촉하는 것으로 보였지만, 다시 생각해 보면 내부의 혈맥을 뚫어 주는 동작이 아니었나 하는 의심이 드는 그녀였다.

순간 흑미랑은 자신도 모르게 혼잣말을 뱉었다.

"아, 맞고 싶다……."

그녀의 목소리에 앞서가던 백미랑이 고개를 돌렸다.

"뭘 그리 구시렁대는 거야?"

"아니에요, 언니."

영호를 들쳐 멘 흑미랑은 재빨리 고개를 저었다.

잠시 후.

적혈맹호대가 있는 공터에 모두가 모였다.

한빈은 월아를 검집에 넣은 채 모두를 바라봤다.

한빈의 시선과 적혈맹호대의 시선이 허공에서 얽혔다.

적혈맹호대 대원들은 입을 굳게 다문 채 한빈의 말이 떨어지기만을 기다렸다.

모두의 시선이 모이자 한빈이 말했다.

"내일부터는 목숨을 건 결전이 시작된다. 일단 오늘은 쉬도록."

그 외침에 적혈맹호대 대원들이 동시에 외쳤다.

"존명!"

그들의 외침은 마치 한 명이 외치는 것 같았다.

그 모습에 흑미랑과 백미랑이 눈을 크게 떴다.

이렇게 잘 다듬어진 무력대는 본 적이 없었기 때문이다.

그녀들이 감탄하고 있을 때, 한빈이 다시 말을 이었다.

"심 부대주는 백아주를 내와라."

한빈이 심미호를 바라보자 심미호는 재빨리 어디론가 뛰어가 상자 하나를 들고 왔다.

그곳에는 임무에 성공하면 마시기 위해 준비한 백아주가

담겨 있었다.

한빈은 상자 속 백색 호리병을 바라봤다.

족히 오십 병은 되어 보이는 백아주가 은은한 향기를 내고 있었다.

한빈은 병을 하나 잡았다.

그러고는 그 호리병을 멀리 있는 대원에게 쏘아 냈다.

휙.

그러고는 외쳤다.

"장삼!"

순간 모두가 고개를 돌렸다.

적혈맹호대 대원인 장삼이 있는 쪽과는 정반대로 날아가는 호리병.

하늘 높이 떠올랐던 호리병이 포물선을 그리며 지면을 향한다.

순간 모두가 입을 벌렸다.

이대로라면 호리병에 땅에 떨어져 산산조각이 날 상황.

그때 반대쪽에 있는 장삼이 달려왔다.

파바—박.

번개처럼 달려온 장삼이 몸을 날렸다.

휘릭.

호리병은 바닥에서 한 치를 남겨 둔 상태에서 장삼의 손바닥 위로 떨어졌다.

탁.

장삼이 호리병을 잡자 한빈이 입가에 미소를 지었다.

"그동안 수련을 게을리하지 않았군."

옷을 털고 일어난 장삼이 웃었다.

"주군 덕분입니다. 그리고 백미랑 소저에게도 감사드립니다."

그제야 적혈맹호대 대원들은 서로를 바라봤다.

한빈이 아무렇지도 않게 던진 호리병.

알고 보니 그것은 시험이었다.

지금 그들은 백미랑이 전해 준 하오문의 경공술에 관한 시험을 치르고 있는 셈이었다.

한빈이 다음 호리병을 잡았을 때 심미호가 다급하게 물었다.

"장삼이 저걸 못 잡으면 어떻게 하려고 하셨습니까?"

심미호는 조심스럽게 한빈의 표정을 살폈다.

분명 이것은 시험.

상이 있으면 벌도 있기 마련이었다.

심미호의 표정을 본 한빈은 씩 웃으며 말했다.

"어떻게 하긴? 강호에서 은퇴해야지."

"헉."

"대원 중 가장 연장자인 장삼이 성공했으니 나머지는 뭐……."

한빈이 입꼬리를 올리며 남은 적혈맹호대 대원을 바라봤다.

그러고는 다시 말을 이었다.

"못 받으면 강호에서 은퇴하는 게 아니라 세상과 이별할 줄 알라고."

말을 마친 한빈은 백발백중의 묘용을 담아 호리병을 던졌다.

"검오가 받아라!"

순간 공터를 울리는 발소리.

타다닥.

그렇게 한빈의 경공술 시험은 계속되었다.

한빈이 내린 시험이 끝난 것은 한 시진 후였다.

시험이 끝나자 한빈은 흡족한 표정으로 남은 백아주를 집어 들었다.

뚜껑을 연 한빈이 시원하게 백아주를 입에 털어 넣었다.

동시에 적혈맹호대 대원들도 똑같이 백아주를 입 안에 털어 넣는다.

적혈맹호대 대원들의 눈은 그 어느 때보다 빛이 났다.

가장 눈을 번뜩이고 있는 것은 적혈맹호대의 대원 중 가장 연장자인 장삼이었다.

백아주를 다 비운 장삼은 조용히 한빈을 바라봤다.

한빈을 처음 만났을 때 장삼은 강호에서 은퇴하려고 결심했었다.

몸도 따라 주지 않았고, 하북팽가 내에서는 희망도 없었으니까.

그런데 어느 날 갑자기 바뀐 한빈 덕분에 일류의 경지를 넘어 이제는 절정에 올라 있었다.

거기에 최근에는 젊은 무사에 뒤지지 않은 경공술까지 익히게 되었다.

장삼은 이제 죽어도 여한이 없다고 생각했다.

그는 한빈이 말한 결전에서 꼭 승리하리라 생각하며 이를 악물었다.

이제 달빛은 다시 구름 속에 가려졌지만, 장삼을 비롯한 적혈맹호대 대원들의 눈은 더욱 빛났다.

아침이 밝아 오자 누구보다 더 빨리 일어난 한빈이 대원들을 향해 외쳤다.

"이제 장소를 옮겨 판을 깔아 보자구!"

한빈의 외침에 장삼이 다급하게 달려와 물었다.

"주군, 판을 까신다니 그게 무슨 말씀입니까?"

장삼의 질문에 한빈은 말없이 손을 들었다. 한빈은 조용히 손가락을 펴 장삼을 가리켰다.

이해 안 가는 행동에 장삼이 물었다.

"왜 저를? 혹시 저희의 목숨이 필요한 일입니까?"

"그게 아니라, 난 장삼의 옷을 가리킨 거야. 내가 왜 적혈 맹호대에 상인 복장을 입혔다고 생각하는 거야?"

"왜긴요? 성문을 통과할 때 신분을 감춰야 할 이유가 있어서겠죠."

"뭐, 그런 것도 있지만……. 중요한 건 진짜 상인의 역할을 해야 하기 때문이지."

"상인 역할이라니요? 주군."

"지금부터 성문에 잠깐 들렀다가 장사를 할 거야."

"대체 지금……."

장삼은 말을 잇지 못했다.

갑자기 한빈이 반 토막 난 월아를 뽑았기 때문이다.

스릉.

장삼은 자신도 모르게 뒤쪽으로 물러나며 반사적으로 입술을 뗐다.

"주군, 더는 묻지 않겠습니다."

손을 좌우로 내젓는 장삼의 모습에 한빈이 기가 찬다는 표정으로 말했다.

"장삼, 무슨 오해를 하는 거야? 검날을 조금 더 세워야 할 것 같아서 뽑은 거야."

"아, 그렇군요……. 휴!"

짙은 한숨을 내쉬는 장삼의 모습에 한빈이 말을 이었다.

"멍하니 있지 말고 괜찮은 숫돌 있으면 좀 가져와."

"앗, 가져오겠습니다. 주군."

장삼은 재빨리 뛰어가 숫돌을 가져왔다.

장삼이 건넨 숫돌을 쓱 살펴본 한빈은 그 자리에서 다시 검날을 세우기 시작했다.

스윽, 스윽.

그 소리에 백미랑이 시선을 힐끔 돌렸다.

밤에 들었을 때는 두렵기만 한 소리였다.

그런데 날이 밝고 들어 보니 마치 절간의 목탁 소리와도 비슷했다.

그 이유는 날을 세우는 한빈의 모습 때문이었다.

한빈이 칼을 가는 모습을 보면 고승이 참선하는 듯했다.

놀라기는 설화도 마찬가지였다.

어젯밤 느꼈던 살기는 어디 가고 지금은 신선처럼 보이기까지 했다.

설화가 자신도 모르게 혼잣말을 토해 냈다.

"언니, 우리 공자님이 꼭 신선처럼 보여요."

"내 눈에는 고승처럼 보이네."

백미랑은 답하며 한빈을 뚫어져라 바라봤다.

그녀는 한빈이 하오문의 주인임을 다시 한번 확신했다.

그녀들뿐 아니라 모두가 한빈에게 시선이 모인 상태.

적혈맹호대 대원들이나 광개도 한빈의 모습에 넋을 잃었다.

모두의 시선이 한빈에게 모였는데도, 그는 아무렇지 않게 계속 검날을 세웠다.

사실 이런 숫돌로는 월아의 검날을 세우지 못한다.

명검인 월아는 숫돌로 갈아도 그 날이 변하지 않는다.

한빈이 세우려는 것은 월아의 검날이 아니었다.

지금 갈고 있는 것은 마음의 칼날이었다.

전생의 일이지만, 귀검대가 하나둘 죽어 갔던 것이 아직도 눈에 선했다.

거기에 그들이 하북팽가를 치고 하북을 장악하려 한다는 단서까지 잡은 상태.

한빈은 위씨세가의 바닥까지 털어 줄 생각이었다.

그렇게 반 시진이 흘렀지만, 한빈은 동작을 멈추지 못했다.

한빈을 바라보던 이들은 눈 한번 끔뻑이지 않았다.

그만큼 한빈이 칼을 가는 모습은 그들에게 충격이었다.

그들은 나름대로 한빈의 동작에서 깨달음을 얻고 있었다.

광개까지 눈을 가늘게 뜨고 한빈의 모습에 열중했다.

광개는 자신의 손목을 좌우로 틀어 가며 머릿속에 초식을 그렸다.

이상하게도 한빈이 칼을 가는 모습에서 초식이 보이는 것 같아서였다.

그때였다.

한빈이 자리에서 일어났다.

한빈은 가장 먼저 백미랑에게 걸어갔다.

모두는 침을 꿀꺽 삼키며 한빈의 말을 기다렸다.

한빈은 말 대신에 쪽지를 건넸다.

"이걸 보시죠, 백 소저."

"이게 뭔가요?"

"펴 보시면 압니다. 아무도 모르게 흑 소저와 함께 다녀오
시죠. 하오문에서만 할 수 있는 일입니다."

"네, 알겠어요. 공자님."

백미랑은 한빈의 쪽지를 품에 넣었다.

그러고는 흑미랑을 바라봤다.

그 시선에 흑미랑이 고개를 끄덕인다.

동시에 둘은 몸을 날렸다.

휙!

바람 부는 소리만 남긴 채 둘의 모습은 사라졌다.

그 모습에 주변에 모여 있던 이들은 고개를 갸웃했다.

그때 설화가 한빈에게 물었다.

"공자님, 진짜 궁금한 게 있어요."

"혹시 쪽지의 내용을 물어보기 위한 것이라고 한다
면……."

"아니에요. 저는 백미랑 언니와 흑미랑 언니에 대해서 궁

금해서요."

"뭐가 궁금하지?"

"둘이 자매라고 했잖아요. 어제 들어 보니 얼굴은 달라도 쌍둥이라고 하더라고요."

"음, 그건 그렇지······."

한빈은 팔짱을 끼고 흑미랑을 처음 만난 날을 떠올렸다.

그 당시의 그녀의 얼굴은 백미랑과 그리 다르지 않았다.

하지만 한빈이 끌고 다니는 바람에 흑미랑의 외모가 달라진 것.

뭐 조금만 지나면 회복되겠지만, 쌍둥이인데도 달리 보인다고 하니 조금은 미안할 수밖에 없었다.

그때 설화가 한빈의 표정과는 관계없이 다시 말을 이었다.

"제가 궁금한 건 자매인데 왜 성이 다르냐는 거죠."

"예리한 지적이구나."

"헤헤, 그냥 궁금해서요."

설화가 실없이 웃자 옆에서 지켜보던 심미호가 나섰다.

"설화야, 흑미랑과 백미랑은 이름이 아니라 별호인 것 같은데······. 미랑이라면 아름다운 늑대? 뭐, 백미랑 소저의 외모와 성격을 보면 딱 들어맞는 별호일 것도 같고."

심미호는 백미랑과 흑미랑이 사라진 곳을 조용히 바라봤다.

사실 심미호도 그녀들이 한빈에게 어떤 지시를 받았을까 하는 점이 궁금했다.

어디론가 달려가는 백미랑과 흑미랑.

둘 중 앞서 나가는 것은 흑미랑이었다.

백미랑은 흑미랑의 뒤를 쫓으며 고개를 갸웃했다.

얼굴만 봐서는 곧 쓰러져도 이상하지 않을 흑미랑이었다.

하지만 이렇게 같이 달리다 보니 흑미랑의 경공술이 달라졌다는 것을 느꼈다.

점점 둘의 거리가 벌어지자 백미랑이 외쳤다.

"흑미랑!"

"왜요? 언니!"

흑미랑이 뒤를 힐끔 돌아보자 백미랑이 손짓하며 외쳤다.

"잠시만 기다려 봐."

"공자님이 빨리하라고 했잖아요. 쉴 틈이 어디 있어요?"

"오늘 오후 안으로만 가져오라고 했지……. 공자님이 언제 빨리하라고 했어?"

"그런가요?"

고개를 갸웃하면서 흑미랑이 멈췄다.

앞선 흑미랑에게 걸어간 백미랑은 그녀의 몸 상태를 살피기 시작했다.

아래위로 살피던 백미랑은 눈매를 좁히며 입을 열었다.

"흑미랑, 너 솔직히 말해."

"뭘 말이에요?"

"너 공자님한테 뭐 받았어?"

"끌려다니면서 고생만 죽도록 했는데 받긴 뭘 받아요?"

"솔직히 말해."

흑미랑은 고개를 들어 하늘을 올려다보며 관자놀이를 지그시 눌렀다.

그것도 잠시, 그녀는 고개를 흔들었다.

"아무리 생각해도 받은 게 없는데요."

"그런데 무색칠음보가 왜 그렇게 달라진 거야?"

"뭐가 달라졌다고……."

흑미랑은 말끝을 흐렸다.

그녀도 자신의 경공술이 뭔가 이상하다는 점을 발견한 것이었다.

첫째는 이렇게 달려왔는데도 정순한 호흡을 유지하고 있다는 점이었다.

이것은 애초에 말이 되지 않았다.

무색칠음보가 은밀함과 신속함에서는 둘째가라면 서러울 하오문 최고의 경공술이긴 하지만, 약점으로 지적되는 것이 지구력이었다.

그런데 호흡이 거칠어지기는커녕 마치 운기조식을 하듯 일정함을 유지하고 있었다.

둘째는 바로 속도였다.

그녀는 속도를 그다지 높이지 않았다.

하지만 백미랑의 표정을 보아하니 버거움을 느끼고 있었음이 분명했다.

그렇다면? 백미랑의 말대로 자신의 무색칠음보에 변화가 생겼다는 것이었다.

흑미랑이 고민하는 모습을 본 백미랑이 불쑥 손을 내밀었다.

백미랑은 흑미랑의 완맥을 잡았다.

흑미랑은 아무렇지 않게 완맥을 내어 주었다.

맥을 확인하던 백미랑의 눈이 커졌다.

"대, 대체 어떻게 된 거지? 혈맥이 왜 이렇게 깨끗해?"

"깨끗하다니, 그게 무슨 말이에요?"

"하오문 최대의 약점이 뭔지 너도 알잖아."

"알죠. 그건 내공심법이죠. 덕분에 혈맥에는 탁기가 잔뜩 쌓여서······."

"그래, 상승 무공을 익히는 건 하늘의 별 따기지. 그나마 너와 나는 어릴 적에 영약이라도 받아먹어서 이 정도까지 올라온 거고."

"네, 그건 그래요. 그런데 제 혈맥이 뭐가 이상하다고 그래요?"

"네 혈맥에는 한 점의 탁기도 없어. 마치 어린애 같아······."

백미랑은 흑미랑의 거칠해진 얼굴을 바라봤다.

그러고는 뭔가 알았다는 듯 다시 말을 이었다.

"그러고 보니 네 몸에서 빠져나온 건 생기가 아니라 탁기 아냐? 지금 피부가 거칠어진 것도 그렇고 외모가 망가진 것처럼 보이는 것도 그렇고……."

"모두 탁기가 빠져나와서 그런 거란 말이죠?"

"그것뿐이 아니라 경공술도 한 단계 더 높은 경지로 올라섰어."

"저는 이해가 안 되네요."

"그러니까. 공자님이 너에게 뭘 준 거야? 잘 생각해 봐."

"그러니까……."

흑미랑은 다시 한번 고개를 갸웃했다.

하지만 한빈이 자신에게 준 것은 없었다.

그녀가 받은 것이라고는 단지 이쪽으로 오면서 겪었던 고난밖에 없었다.

생각이 거기까지 미친 흑미랑은 눈을 크게 떴다.

그 고난이 자신을 바꿔 준 것이 분명했기 때문이다.

이곳으로 오면서 급하다며 자신과 영호를 굴렸지만, 그것은 분명 진심이 아닐 터.

자신에게 깨달음을 주기 위해 굴렸던 것이 분명했다.

그 결과가 지금의 몸 상태고 말이다.

그때 백미랑이 부러운 표정으로 말했다.

"지금 보니 피부도 많이 회복됐네. 탁기가 몸 밖으로 빠져나갔으니 회복 속도도 빠른 것 같아. 축하한다, 동생아."

백미랑이 흑미랑의 어깨를 다독였다.

순간 흑미랑이 털썩 그 자리에서 무릎을 꿇었다.

힘없이 쓰러진 동생을 본 백미랑이 물었다.

"왜 그래? 어디 아파?"

"그게 아니라……."

말끝을 흐린 흑미랑은 한빈이 있는 곳을 향해 납작 엎드렸다.

흑미랑은 지금 한빈에 있는 곳을 향해 절을 하고 있었다.

그 어느 때보다 경건한 자세로…….

백미랑과 흑미랑을 보내고 한빈은 하북성의 입구에 잠시 멈췄다가 다시 돌아왔다.

심미호는 한빈의 뜻을 알 수 없었다.

서 태감이란 자가 한빈의 수레를 막아섰고.

한빈은 서 태감에게 고개 숙인 채 말없이 돌아왔다.

심미호는 한빈의 행동이 이해가 되지 않았다.

한빈이 아무런 대응 없이 돌아섰기 때문이다.

심미호는 낮은 목소리로 물었다.

"먼저 출발한 소대섭 대주의 수레는 하북성을 통과했다고 알고 있는데요. 이렇게 돌아가셔도 되는 건가요?"

"얼굴 비쳤으면 됐지. 뭐 하러 성문으로 기어서 들어가?"

"그게 아니라 장사하신다고 하셨잖아요."

"나는 성안에서 장사한다고 한 적이 없어, 심 부대주."

"그럼 지금 어디 가시는 거예요?"

"이제 다 왔네. 모두 최대한 천천히 여기를 통과한다."

한빈이 손을 높이 들었다.

그 모습에 심미호는 고개를 갸웃했다.

지금 한빈이 멈춘 곳은 얼마 전 지나온 장운현이었다.

지나왔는데 다시 이곳으로 돌아간다니?

거기에 최대한 천천히 통과한다니?

심미호는 한빈의 속셈을 알 수 없었다.

그때였다.

가장 앞에 선 한빈이 수레에서 내려 천천히 걸어갔다.

한빈이 수레를 끌고 가자 장운현의 상인들이 너나없이 웅성거리기 시작했다.

"허허, 또 퇴짜 맞은 상인들이 있네. 어떻게 하나?"

"그러게 말이야. 성문을 지키고 있는 병사 놈들 조금 이상하지 않아?"

"뭐가 이상한가?"

"이상하게 곡식만 골라서 통과시키지 않는 느낌이라서 그러지."

"설마……. 그런 소리 하지 말게. 그러다 잡혀가겠네."

웅성거리는 이들은 주위의 눈치를 보더니 입을 닫았다.

그때였다.

한빈의 뒤에 수레 하나가 추가되었다.

그것은 백미랑과 흑미랑이 가져온 수레였다.

그 수레는 자연스럽게 한빈의 무리에 끼어들었다.

마치 수레바퀴가 무색칠음보를 펼치는 듯한 은밀한 동작이었다.

한빈은 뒤를 힐끔 보더니 입가에 미소를 머금은 채 저잣거리를 천천히 지나갔다.

한참을 가던 한빈은 속도를 더욱 줄이기 시작했다.

"이제 슬슬 나타날 때가 됐는데……."

다음 권으로 이어집니다